U0123110

天亮之前的戀愛——日治台灣小說風景

賴香吟

目錄

輯三——浪漫的挫折

輯四——負軛之人

輯五——兩則童話

吳濁流　楊守愚　朱點人　王詩琅

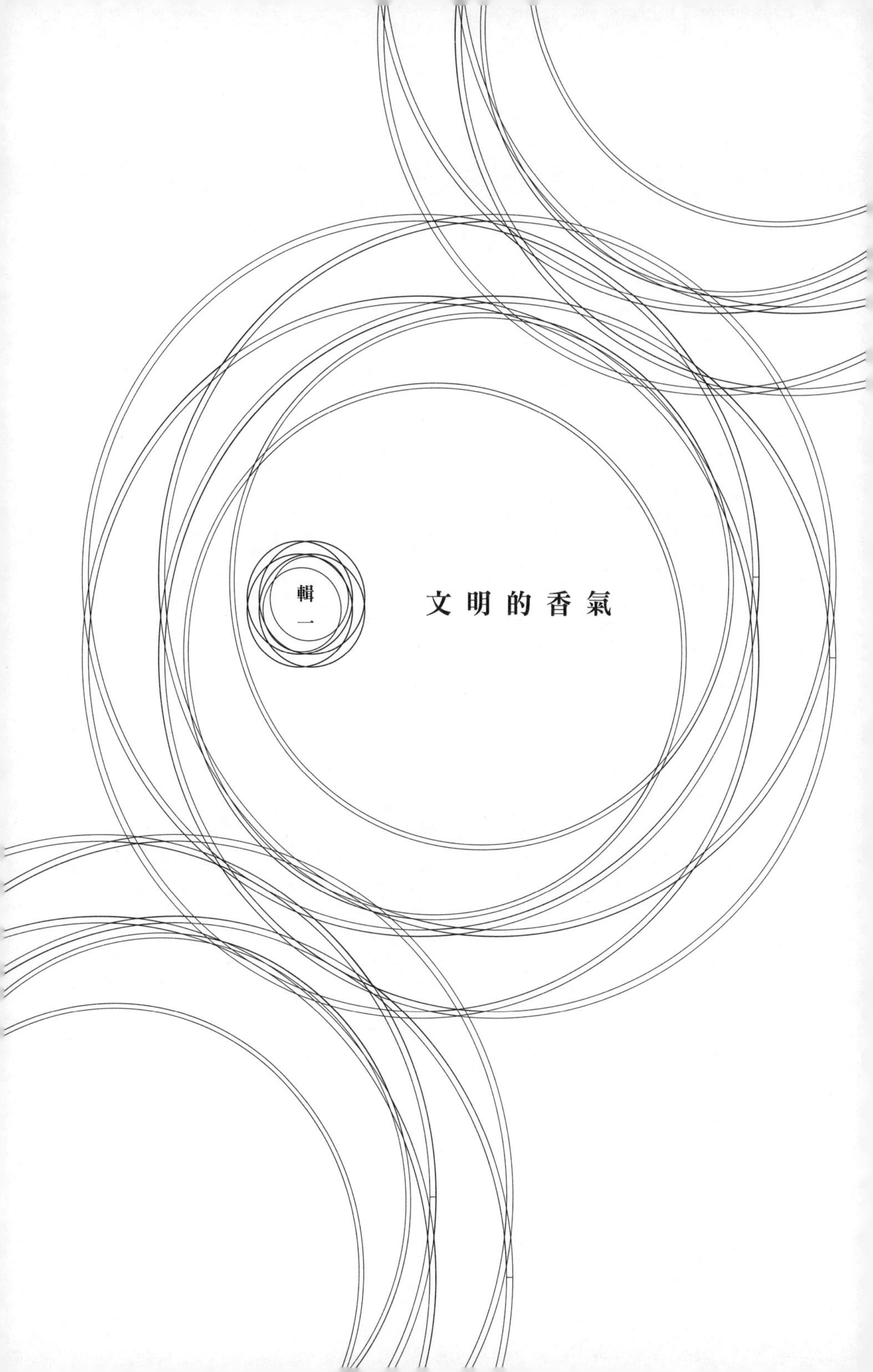

輯一

文明的香氣

春天的山坡

吳濁流小說《亞細亞的孤兒》，由祖父牽著主人翁的手，走過春天的山坡，明媚地開場。

山坡頂處，昔日常有土匪強盜出沒，林相險惡，人們常以穿龍頸稱之。祖父在這兒給孫子講了年輕時候遇蛇的鬼怪經驗，整本小說第一句對白，由祖父開了口：「一切都改變了！」

在那個春天，陽光照在背上暖和，即便山路走得汗濕，涼風吹進衣衫也讓人覺得爽快。青草與林木氣味隨處可聞，兩三隻不知名小鳥，鳴叫著飛過樹枝。人在如此大自然，仍屬簡單而渺小，狐狸與松鼠在樹林裡大搖大擺跳現，動物凶猛，即使是大膽的漢子，日暮天暗，也不見得敢隻身經過。

然而，如同老者的預感，一切即將改變。這趟春之旅，是祖父帶著愛孫——這日後的亞細亞孤兒，遭逢時代扭曲，四處惶然難以安置，終了不得不崩潰瘋狂的人——

要去拜會祖父同窗彭秀才，請求啟蒙的日子。

越過穿龍頸，視野一開，山下茶園新綠，茶女山歌遙遙可聞。孩子覺得新奇，老人卻對山歌忌如蛇蠍。村郊廣場植有榕樹，對面就是雲梯書院。祖孫倆由明亮戶外走進暗室，見筆筒插幾枝朱筆，牆上掛了張孔子像，昔日在同儕間被公認為出色拔尖的彭秀才，正落寞陰沉地躺在床上吸鴉片，這時，聽人恭敬喊上一聲：「彭先生！」

他張開眼睛，看清來人，隨即振作起來，整理儀容，把屋外讀書嬉鬧的孩子給喝斥安靜，轉過去和照顧他的胡老人，譪言譪語說起話來。

兩個老人，一個孩子，暮色帶著希望來。彭秀才曾志向舉人或進士，更上一層樓，誰知天年一改，人生前半盡付流水。他心裡的屈委抑鬱因老友來訪得了點安慰，告辭時，彭秀才且在太明頸項掛了一串銅錢。不過，當這群最後的私塾孩子長大之後，他們以新語言、新文體所寫的小說裡，如彭秀才這般滿腹詩墨卻喪失現實舞台的人，依舊難逃被寫成斜陽沒落的命運，甚者，不分青紅皂白扣上舊帽，堆成時代灰燼。相對而言，《亞細亞的孤兒》，開場的祖父倒是留下了一個明智練達的形象。

這位祖父，對古之輝煌懷有憧憬，面對西潮驚奇，亦能身段柔軟，擇良木而棲，在家族鄉里具鎮守力，臨事判斷不誤，簡直是完美的角色。留在孫輩記憶裡的自家祖父，彷彿被童年的糖衣包裹著，留下了一個溫好典型。呂赫若小說〈清秋〉裡的祖父，可說是這個形象的高點。任憑時代進退，白雲蒼狗，祖父依舊植菊為樂，在書房裡看古書，像是那已經被摧毀了的過去所留下的少數資產。「我覺得家裡的長輩都很了不起，每天持續地忍受平凡的日子。」面對掌握不住的現代生活，決戰期的苦悶，許多台灣青年或許開始懷念那個童年的胡太明，渴望回到春天的山坡，讓祖父找塊石頭坐下來歇腳，氣定神閑拿出愛用的竹煙管來裝菸絲，點上火，說出一個又一個使人對天地心生嚮往的故事來。

不過，話說回頭，其實，翻過那個春天的山嶺，翌年春節，胡太明及其祖父，這對情感篤真的祖孫，又在黃昏時分一起出了門。這次為的是去看元宵節花燈。不料，那晚，在一片擠著爭睹藝妓的混亂人群裡，老祖父不巧挨上了警察的棒棍，一個踉蹌，還是跌進了驚惶的時代。

《亞細亞的孤兒》，初版原名《胡志明》，台北國華書局，一九四六。圖片提供：新竹縣文化局

雲梯書院

苦楝花飄香的四月，吳濁流筆下的胡太明，十歲，穿了母親做的布鞋，辮髮上戴著瓜皮帽，正式上雲梯書院去，隨彭秀才朗誦《三字經》。

龍瑛宗和吳濁流同是新竹人，一在北埔，一在新埔。龍瑛宗〈夜流〉，提到七歲時由父親帶去私塾，很巧，也是村郊彭家祠堂。同樣念《三字經》，同樣不解其意，學生輪流到老師面前背誦，忘了的人自然挨鞭子，沒忘的，就把手掌伸出來，讓老師在掌心裡寫個生字，看看能否念出來，一念錯，鞭子又啪地一聲抽打下來。

這個描述和胡太明在雲梯書院差不多，只是太明讀書之外還帶玩樂，某日大意被牛角刺傷，不得不返家療養。大年初三，俗稱窮鬼日，彭秀才破例到胡家來拜年，順便看看太明的傷。祖父問起秀才今年春聯怎麼寫，答曰：「大樹不沾新雨露，雲梯仍守舊家風。」

祖父讚賞：「很好，彷彿伯夷叔齊的氣概。」

可是，雲梯書院的舊家風，真能守得住嗎？兩個老人憂心雲梯若被關閉，漢學就滅了。當時台灣總督府已執行公學校令，四處勸導孩童就讀。過完年，太明回到雲梯書院，學生減少，氣氛蕭條。再晚幾年，龍瑛宗去的私塾，動作更快，某個同樣搖頭晃腦背書的一天，日本警察來說幾句話，教書的彭先生沉默一會兒，便把孩子們叫來，說：「把書收起來回去。明天起不用來啦。」

這批走投無路的私塾秀才，有的死舊，有的改行。《亞細亞的孤兒》裡，彭秀才對現世漠不關心，只鍾情於院子裡看花，尤其喜歡蘭花和菊花，生活真窮困，就吟詠陶淵明〈歸去來辭〉來抒發抒發。要說他這是腐朽得徹底呢，有時又像骨氣叫人有點敬畏起來。不僅孩子怕他，連大人要籠絡他也是不行的。私塾關門後，鎮上公學校招聘他去當漢文教師，他辭退，反倒還在西瓜成熟的夏天，接受蕃界書房的禮聘，飄然赴任去了。

胡太明轉入公學校，雖然也讀漢文，卻和《三字經》截然不同，平鋪直敘講地理、物產、清潔、風景、好國民。公學校畢業，太明繼續接受師範教育，直到自己也成為一名教師，穿上花緞緄邊的文官服，腰間還佩了短劍，親友慶賀說：「我們村子裡出了第一個文官，這是可以和從前秀才匹敵的榮譽。」

雲梯已遠，彭秀才於小說裡再次登場，已是駕鶴西歸。胡太明代替祖父去給啟蒙老師弔喪，先搭火車又換汽車，再乘台車溯溪，顛顛簸簸好一段路，才來到深山裡的採礦聚落。粗荒僻地，陋室一間，竟還是掛著那熟悉的筆跡：雲梯書院。

翌日，隨著出殯行列的前導大幟，吳濁流總算讓我們知道了這個悲劇角色的名字：「故秀才彭逸民先生」，在此落幕，徹底成為古代的亡靈。

文明的香氣

窮鬼日那一天，不僅彭秀才來訪，就連被叫喚成「鴉片桶」的伯父也來了。在胡太明年幼的眼睛裡，這伯父雖然言語玲瓏，可是，他身上的氣息使人模糊感覺沒有未來，不如「鴉片桶」的兒子志達吸引他注意。

志達會說日本話，當著有警察餘威的「巡查補」。志達吸的菸，不是水煙，是據說很高級的敷島紙菸，流汗時裝腔作勢從口袋裡掏出雪白的手帕，裝腔作勢地擦拭額頭。每當志達從身邊走過，太明會聞到一種氣味，陌生，清爽，不屬於當下的生活。

太明不怎麼喜歡志達，不過，卻是志達建議祖父讓太明進學校讀書，他說「這是時勢」；太明父親也說如今官廳社會，「不懂日語的人等於呆子」；學校校長又帶著富有漢學素養的先生來遊說，祖父終於被說服了。

孩子們走進新學校，為眼前的明亮感到吃驚，上課也不光背書，有圖畫，有唱歌，有體操，還有一個寬廣新奇的運動場。多數台灣孩子頭上還留著辮子，胡太明也是。他訝異地發現，曾經聞過的志達身上的氣味，在空間裡瀰漫，每個老師走過，無不散發同樣的氣味，甚至於書本、教具也沾染了那個令人迷惑的味道。它聞起來和鴉片不同，也和自家生活吃食，牆巷各種味道不同，就算是有錢人家的胭脂水粉，也不是這種香味。

太明聽村人說，那是因為他們用日本肥皂洗澡，那是一種「日本味」。肥皂是什麼呢？太明過幾年才會知道，肥皂從很遠的地方來，從英國飄到的日本，又由日本飄到了台灣。一塊理想的肥皂，不僅可以清潔身體，還可洗刷精神或心理的汙垢；肥皂與帝國主義共生，很多商業廣告展示，白人殖民者帶來的肥皂可以如何完美洗滌黑色的被殖民者。

帶著肥皂香味的老師，走進教室，打開課本，裡頭教導著清潔的美德，文明的指標。喔，原來這是所謂文明的清香。

這股文明清香，餵養了孩子們新的血肉。孩子是漂流在時潮裡的一隻小船。他們敢拍相片，敢剪辮子。母親看斷髮的孩子走進家門，忍不住叫喊：啊，這樣死了會見不到祖先呀。

文明的香氣如一股魔幻之風，無孔不入滲透了生活。胡太明勤勉讀書，以新一代文化人自許。龍瑛宗在圖畫課給月亮塗上青色的月暈，唱遊課波波波學鴿子吃豆，色彩，音韻，把這個愛夢遊的少年弄得神暈目眩，還有《萬葉集》，變化萬千的形容詞，他說，「拉開日語的帷幕，眺望未知的世界，感到直要打哆嗦的興奮」。

這是後來一整個日語世代，新奇進步，啟蒙向上，他們在泥土、油彩、音符、文字裡發現了喜悅，他們接著去台北，去淡水，去上野，去上海或巴黎，世界變得很大，這趟發現的旅程，文明的香氣陪伴他們，但也同時將他們徹底洗滌了。

一九二〇年代的肥皂廣告。出自自一九二八年七月十一日《台灣日日新報》第三版

雲梯書院：創立於道光九年（一八二九），苗栗最早的私辦書院。甲午戰後繼續教授漢文，於一九〇〇年改為「文廟」，更名「修省堂」，教育功能由地方公學校取代；一九七六年再度改建為宣王宮，主祀孔子。

《萬葉集》：現存最古老日本詩歌（和歌）集，編錄時間約於四世紀末到八世紀末的四百年間，收錄四千五百多首長歌、短歌，共計二十卷。

吳濁流 

一九〇〇～一九七六，新竹新埔人，畢業於台北師範學校，曾任公學校教諭、記者。日治及戰後重要詩人、小說家，著有《亞細亞的孤兒》、《無花果》、《台灣連翹》等長篇小說及《水月》、《波茨坦科長》等短篇小說集。創辦《台灣文藝》雜誌，晚年致力提攜後進，創立吳濁流文學獎影響至今。《吳濁流集》，彭瑞金主編，前衛，一九九一年。

文獻索引

《亞細亞的孤兒》，初版（日文版）原名《胡志明》，一九四六年以小單行本形式由台北國華書局出版。一九五六年首次於日本出版，改名《アジアの孤 》。一九五九年首次發行中文版，楊召憩譯，黃河出版社出版，以《孤帆》為名。一九六二年，傅恩榮譯本，沿用日文書名《亞細亞的孤兒》，由南華出版社發行。

アジヤの孤兒
吳濁流
孤帆

覽會 金賞牌受領

出張所 電話八一番

歐米最新形

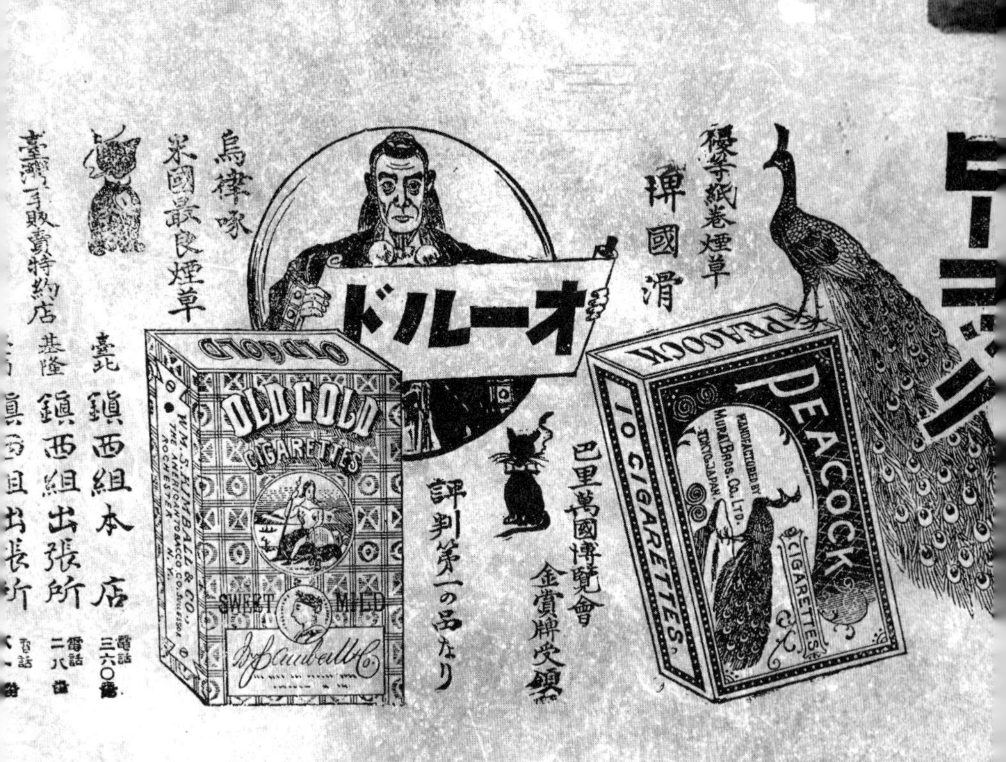

文學夢

既然孔子飯不能吃了，滿腹詩書做什麼用呢？若是前朝遺老也就作罷，詩書已換半生名利，如今時不我予，索性提早進入晚年。可是，一批出生於新舊世紀之交的年輕人，在私塾念飽了書，來到一九二〇年前後──台灣教育令連著兩次發布，近代西式教育制度在台底定──面對新世，何去何從？

年輕人不能跟著老人一起失業，可除掉教書，還有什麼方法掙錢？算命？漢醫？想來也撐不久，日本天年若非樣樣神奇就是樣樣不許。官廳社會？想都別想，就算滿腹詩書，日語不通就是阿呆。務農做工？一把瘦骨頭。從商？身段不夠滑溜。想來想去還是方塊字，大道理。不過，想在政權、語言皆已丕變的新時代搖筆桿維生，自然不能只往古書裡鑽，這時，隔岸中國的白話文學展示一種新的可能，近代報刊雜誌的落地開花，也提供了一個詩墨結合傳播的出路。

以楊守愚的例子來說，他徹徹底底念了十來年漢學，一九二三年自設私塾授課，已是書房教育的日暮西山，他的小說〈開學的頭一天〉、〈退學的狂潮〉，應是親身感受，寫盡了漢文教師的碰壁生活。

另方面，楊守愚例子有趣，在於他的新舊交錯。私塾讀到後來，他既讀古書，也讀魯迅；既穿長袍馬褂教《三字經》，也是搞無政府主義的黑色青年；讀透了之乎者也，講典律作文章，但也熱中白話文、學寫新詩、新小說、做新劇，搞個摩登名號：流連索思俱樂部，故意要跟傳統詩社做區隔。

這時他二十出頭，心靈新鮮，動能無限，偏偏遭人檢舉，蹲了十七天思想牢，可說新的、舊的政府都讓他路難走。苦悶，也可能經濟需要，出牢後，他大寫特寫，不管青澀成熟，作品源源而出，得賴和鼓勵，以「守愚」做筆名，投稿，開始了職業寫作的生活。

職業寫作，這個詞，放在一個私塾先生身上，真是新得怪異。不過，楊守愚可說是第一個無視文學環境之未熟，文字工具之生拙，依舊一派熱情勃勃，做著文學夢的台灣作家。除了愛讀中國新文學，國外流進來的翻譯小說，他是既開眼界又躍躍欲試：高爾基，莫泊桑，原來文章可以這樣寫！蕭伯納，菊池寬，原來作家可以這樣流行！

「方向轉換吧。從此，就來試試文學家生活的味道呀。想來，該不會比教書的滋味更來得苦辣？」

私塾老師轉成摩登作家。楊守愚小說裡的書生，做著一面教書，一面賣稿度日的美夢。稿費每千字可得兩三塊錢，若一天寫個千把字，一年寫個三百天，一年加總可得近千稿費，算起來比開設書房還強呢；書生在腦袋裡打著算盤，殊不知文章不是每天寫得出來，寫出來也未必能用。

私塾老師也做編輯。中部文藝組織，楊守愚無役不與。楊逵創辦《台灣新文學》，漢文作品的邀稿、選稿、校閱，也多委託楊守愚。編輯做久了，連夢裡也跟文藝名家交陪。一篇〈夢〉，主角來到上海菜館，見到了魯迅、鄭振鐸、郭沫若、郁達夫、冰心，搖身一變成為火紅人物，「什麼會，什麼校，什麼團體；無論是宴會，或是講演，都有他的份兒。」手裡編的當然是新時代文藝刊物，內容要清新，理論要充實，網羅一流作家執筆，就連左翼作家也不例外，且第一期就好豪氣要印兩萬部！

這當然是個白日夢。不過，小說顯示出來的熱意，夢的爽快，倒是讓人印象深刻。這個彰化讀書人，對當時中國文藝明星之熟悉，也讓人訝異。把這個夢放到現實裡來說，一九三〇年代上半，確實有好幾位漢文作家接棒賴和，漢、日雙軌，文學人和編輯人合體，帶動台灣文壇一波熱鬧，除了楊守愚，王詩琅也是重要人物。

不過，到了一九三七年，漢文書房與報刊漢文欄被下令廢止，就連公學校裡的漢文科也刪除。楊守愚無論開設書房或白話文創作，文學夢都難以為繼，只能慢慢走回古典詩詞的世界。

楊守愚薪資表。圖片提供：賴和文教基金會

楊守愚

一九〇五～一九五九，本名楊松茂，彰化人。以中文白話文夾雜台灣話創作小說，亦是私塾教師、漢詩人。一九二九年受賴和鼓勵，首次在《台灣民報》發表小說〈獵兔〉。一九三四年籌組「台灣文藝聯盟」，並協助賴和、楊逵的《台灣新文學》編輯工作。〈碰壁〉系列小說〈開學的頭一天〉、〈退學的狂潮〉，對於私塾遭取締及禁用漢文的狀況，有深刻描繪。

台灣教育令：台灣總督府針對台灣的特殊環境頒發的法律命令。第一次發布於一九一九年，建立各級教育機關系統，分為普通教育、實業教育、專門教育及師範教育，確定公學校修業年限為六年。第二次為一九二二年，在同化政策下，實施日台共學制度。

《台灣民報》：一九二三年創刊於東京的全漢文版報紙，一九二七年以周刊形式回台發行，並於一九三〇年更名為《台灣新民報》，一九四四年停刊。賴和、張我軍、楊守愚、楊雲萍、蔡秋桐、朱點人、陳虛谷、郭秋生等作家均常在此發表短篇小說。

台灣文藝聯盟：成立於一九三四年的民間文學組織，最初由賴明弘、張深切發起，作為全島作家的大集結，致力於文藝大眾化。一九三六年解散。

文獻索引

〈開學的頭一天〉、〈就試試文學家生活的味道吧〉、〈夢〉、〈啊！稿費〉等四篇小說，陸續發表於一九三一年八月至十一月，《台灣新民報》，署名「y」，為〈碰壁〉系列小說

〈戲班長〉，一九三六年一月十一日《東亞新報》

秀才遊古都

難道，你的記憶都不算數？——朱天心〈古都〉，廣為周知的破題語。

是的，不算數。然而，你不是唯一一個，我也不是。我們的記憶都不算數。時代的輪子不停轉動，不停輾過這批人、那批人的記憶，不算數。歷史是一個千層派，萬人塚。

來看另一個不算數的小故事吧。

很久很久以前，有一個陳秀才，每天凝神靜氣，在書房裡臨摹文天祥的〈正氣歌〉，朗讀陶淵明的〈桃花源記〉。這日清早，他照例走到屋外茄苳樹下吸煙，卻看村人換上了新年才穿的新衣，帶著行李，說是要到台北去看博覽會。

「陳秀才！你也來去看啦，和我們一同去！」

「不去。」

村人說村莊裡沒有一家無人去看，又說：「陳秀才！做人無幾時，你的年紀又這樣老了，今日不看，要待何時！」

「不去。」

這個秋天，始政四十周年紀念，台灣博覽會造勢沸沸揚揚。就連警察也登門踏戶，來跟他要贊助費。四十年，秀才回首，自己青雲夢斷，竟也就過這麼久了。

憨直的田庄人從博覽會回來，上天下地，講得好不稀奇，簡直比遊了一趟月宮還歡喜，不過，任憑他們講得天花亂墜，秀才還是無動於衷，唯一使他心頭毛躁的是，村人口中所說的那個台北，怎麼街景和地名，聽起來都和他去過的不太相同？「難道台北就變得那麼快！」

終於在一個早晨，秀才悄悄出了門，搭上了去台北的列車。

車廂裡，連衣帶帽一身黑長衫的他，加上那根垂在腦後的辮子，完全像個走錯了時代的人物。出得台北車站，人群混雜，地理變換，他宛如失舵的孤舟，找不到方向。好不容易進到博覽會場，想看看自己關心的教育問題，上頭的日本語卻使他不能理解，他不得已拉個人問問，沒想惹來身後學生訕笑。

堂堂一個讀書人，竟在大庭廣眾為文字受了侮辱，陳秀才氣憤憤離開會場，又不甘白走這一趟，遂起念去撫臺衙看看。

拉車伕招呼他：「撫臺衙？呀，老先生，你知道它在哪裡？」

「在府中街啦。」

「啊！不對不對。」

撫臺衙早遷走了。車夫想眼前這老先生必定不是本地人，討點錢賺，一路把他拉到了植物園。

撫臺衙，即布政使司衙門，是清朝時代全台最高行政機關，才蓋好沒多久，就轉給日本人宣告始政，並充當了一時的總督府。之後原地改建台北公會堂，衙門建築則搬去植物園裡放著。

一九三五年的這個時候，植物園裡連一個行人也沒有。陳秀才坐在椰子樹下，想著自己年少聰明，十九歲中秀才，一向就在撫臺衙辦事，昔日那般繁盛，怎得今日冷落？

秋風颯颯吹來，敗葉滿地。

這是小說〈秋信〉，作者朱點人，亦是一個譏諷文筆裡藏著憤怒與感慨的人。

他的文學命運，和楊守愚、王詩琅同樣，熱心中國白話文創作，難得成熟，夭折得早，一九三七年之後收筆。他的現實命運，日治時期在台北醫學校當雇員，戰後初期參與台共組織，被槍決於台北馬場町的河堤邊。

現在，那兒是河濱自行車道，人來人往，新店溪夕陽依舊。

台北就變那麼快？恐怕陳秀才也想放聲大哭，這是哪裡？

一聲寂寞的喊叫，在時間走廊裡來回擺盪：難道，你的記憶都不算數？

朱點人

一九〇三～一九五一，本名朱石頭，後改名朱石峰，台北萬華人。一九一八年老松公學校畢業，進入台北醫學專門學校擔任雇員。一九三三年組織台灣文藝協會，發行雜誌《先發部隊》(後改名《第一線》)，發表小說〈紀念樹〉，張深切稱他為「台灣創作界的麒麟兒」。一九四七年二二八事變爆發，一九四九年因「台灣省工委會案」被捕，斃命於台北馬場町刑場，得年四十八歲。著有〈一個失戀者的日記〉、〈島都〉、〈紀念樹〉、〈無花果〉、〈蟬〉等小說及詩歌、民間故事多種。《王詩琅、朱點人合集》，張恆豪主編，前衛，一九九〇年。

始政四十周年紀念博覽會：簡稱台灣博覽會，是一九三五年(昭和十年)日本統治台灣四十周年時，於該年十月十日至十一月二十八日在台灣各地(以台北市為主場地)所舉辦的博覽會，也是台灣有史以來第一次舉辦大型博覽會，時間長達五十天。有三個主會場和一個分會場，分別位於台北公會堂附近及南三線路、台北新公園、草山溫泉地及大稻埕，全台各地亦設置地方館。

文獻索引

〈秋信〉原預定發表於一九三六年三月號的《台灣新文學》，但因內容涉及對始業博覽會的批判，於雜誌出刊後遭到刪除

台北城三部曲

王詩琅以台灣文史著述知名，不過，他的小說給我留下深刻印象，總覺得其中藏著一種說不出來的早熟。

早熟未必總是繁華，王詩琅也總謙稱自己笨拙而苦讀，不過，有一種人正是因為自認有限，求知若渴，廢寢忘食，把書讀破為快，反成了厚積而薄發的讀書家。

日治台灣文學點將錄，王詩琅小說只有五、六篇，集中於一九三〇年代中期，之後，他便轉去上海、廣州編報紙，戰後埋首文獻，不再有文學作品。箇中主因當然是時局，是政治，也是生計，不過，有時我不免主觀猜想，這人後來小說寫得少，恐怕不在於不能寫，而在於眼界太高了。

他寫過一篇〈賴懶雲論〉，以日文評述賴和文學，這工作，勢必中日文兩方底子都得深厚。我好幾次重讀這篇文章，訝異在文壇初立，多數文藝評論還處於陽春雜談的階段，竟有這樣一篇，寫人也好，評文也好，都清新大膽，不說廢話的文章。細微處，把賴和的生活性情、創作心境、技藝鍛鍊苦心，看得十分明曉；從高處談，又能比賦賴和與同代其他文學大家，點出賴和在當時文學發展階段的瓶頸與突破。

這是王詩琅第一篇文學評論，表現一個年輕讀者樸素而用功的面面思量，令人眼睛一亮，很長一段時間，評論賴和幾乎沒有其他文章能超過此篇高度，即便後人新作，也難以取代文中那種時代的臨場準確感。

夜雨

王詩琅生長在艋舺，家裡賣布經商，老台北老行業，他的成長時代，幾與日本政府推動台北城區現代化的進程疊合。他出生（一九〇八）前後，舊城牆幾已悉數拆除，環城道路「三線路」完工，台北已成台灣最大都市；他愛讀稗官野史的二〇年代，艋舺與大稻埕發展到頂，台北開始往南往北發展；他熱中社會運動的三〇年代初，台北人口接近三十萬，政府公告新的市區計畫，準備將台北發展成足以容納六十萬人的大都市。

這時期的王詩琅，因為思想問題，長長短短已經下過三次牢，開始學著打算盤接掌家中商業，同時，又止不住發熱地猛讀文藝作品。這個沒有耀眼學歷的人，用功起來的程度倒是很嚇人，「每天在生意場合中，對周遭發生的事物都不理會，自讀自的書。」中國魯迅不用說，郭沫若、矛盾、郁達夫、張資平，以及日本的新感覺派、普羅文學，俄國，法國，德國文學，能讀的都讀了，這是他涉獵文藝最深也最實際參與的階段，戰前發表的五篇小說幾乎都是此時寫的。

這些小說明顯的特色，在於呈現了台北都市生活的樣貌，角色與問題皆牢牢地與都市綁在一起，尤以〈夜雨〉、〈沒落〉、〈十字路〉幾可稱為「台北城三部曲」。後來的日語世代，雖然也留下不少都市氣息的作品，不過，對比他們筆下的東京或上海，老台北王詩琅靈敏掌握住了台北專有的風景與語氣，不可取代地留下了三〇年代的台北城情調。

最早的〈夜雨〉，以王詩琅自己的說法，是一個「描述因罷工失敗後而面臨破碎的家庭悲劇，到最後不得不讓女兒去做女招待」的故事，這兒，出現了一個屬於都市的新鮮字：罷工。

曾幾何時，台灣已經不復日出而作，日落而息，而是數字化，精確化，標準化：一天二十四個小時，一周七天，七天一個休假天。透過交通、時間、廣播等變革，台灣隨著日本的腳步，走進了現代生活舞台，也隨時勢發起勞動條件的抗爭來。

然而，是遲到？還是未熟？一個老資格的排字工，跟著人罷工，落得被妻子埋怨「罷得連米連水都沒有」的窘況。同樣是星期天，本來一家人還能吃飯享受天倫，如今卻對望悽涼。〈夜雨〉冷冷指出，「連事先準備都沒有的罷工運動，是注定要失敗的。」又隱約感覺：「什麼人都恨不得的……他覺得似乎別有個大的、看不見的責任者。」

這個罷工的人像只「閉殼的蛤子」說不出話來，外頭台北城依舊明媚，霓虹燈，咖啡館，各式各樣的吃食，熱鬧摩登。以前收工，牽著小兒子的手出來散步，這些都市風景總是使他感到愉快，此刻卻情景兩判，馬耳東風。

好一個馬耳東風，都市如何現代繁華，都不干己事。

偏偏，事到如今，窮途末路，唯一還向他招手、給個對策的，依舊是這座現代都市。他無可奈何回了家，提議把女兒送去咖啡館做女招待的親戚已經上門來了。

故事開場才稍停歇的，昨夜的雨，在小說結尾又落了下來。這是多好的，一個以景寓世的筆法。這個曾經以為就算沒能力讓女兒上高女讀書，至少也會讓她嫁個好丈夫的父親，都市裡的技術工，「深深地，吸了一口氣，仰頭凝視著黑漆漆的天空。」

沒落

王詩琅回憶小說創作，最滿意〈夜雨〉，大約因為它的完整，說故事、提問題，在五千字的規模裡，差不多都做到，該留下的餘韻也有了。

相對，〈沒落〉並非以完整取勝，而是以深刻的描寫，處理一九三〇年代初期左翼運動浪潮的頓挫，一批自認為看清社會演進，囂囂談主義、論社會、講戀愛的年輕人，面臨了被檢舉與下獄的處境。

台北城依舊是這篇小說的大舞台，但主角換成了知識青年，小說開場之際，熱情勃勃的運動已經過去。

「昨夜掀天揭地胡鬧過的反動，今天倦怠較常尤甚。惰氣不斷地纏在腦裡，筋骨覺得有些瘦，朦朧裡要起來有些怯，要睡下又睡覺不去，只在床上翻來覆去。」

幾句話寫盡了運動次要分子，僥倖退下陣來的人：既失目標，也失氣力，百無聊賴的日常生活。掀天揭地胡鬧的不再是什麼偉大的事，而是酒館、賭場裡的自我麻痺，主角懷疑，這轉向後的生活，淪落暗淡，恐怕還不輸在獄中。

王詩琅對心境的描寫總是出色，他能早感於時代的暗面、人性的侷限，他的小說技巧也早熟，對話豐富，多層次敘事，幾句獨白或人物閃身回憶，就轉了場。賴和一代還寫得華路藍縷的白話漢文，經過四、五年，由楊守愚，來到朱點人、王詩琅，逐漸豐富起來，王詩琅的文字尤為靈活。描寫已經不是難事，高下還在描寫到多少。以「轉向」這個主題來說，外在運動的興起退去，很容易看明白，但運動分子內心的昂揚與破碎，就不見得好寫。以〈沒落〉、〈十字路〉以及後來的〈老婊頭〉來說，王詩琅挖掘人物心境，細膩而突出，有些段落使人聯想起夏目漱石的抽絲剝繭。

〈沒落〉留下一批王詩琅自我嘲諷為「可說是萬事通，也是萬事不通」的文藝青年的面影，文字規模雖已擴展為〈夜雨〉的兩倍，但小說裡有很多材料都還只是蜻蜓點水而已：家族經濟如何由盛轉衰？時代新女性如何轉成善良平庸的婦人？還有法庭上一個又一個同志審判，而台下鳥獸散的同志又是怎般墮落情貌……

這些引人興味的線索，宛如舞台簾幕只掀了一角，真要細寫、交代起來，變成三、四萬字小說也不足奇。可惜〈沒落〉匆匆收筆，隨後，漢文寫作管道也少，王詩琅這一部技術正在精良狀況的車，沒有機會上路馳騁。再者，王詩琅腦中似乎沒有非做不可的作家夢，寫完〈十字路〉之後，他前往上海、廣州，轉入報業，搖筆維生，文字產出雖然既多且快，但幾無小說再度面世。

十字路

〈十字路〉的開場，是剛領薪水的上班族，在百貨公司的櫥窗前流連，看上了一頂鼠灰色的帽子。

他的視線是呆傻的，被迷住的，他已經有了帽子，但還想要一頂來配身上的新洋服，新外套。

「服飾是門面，近代人最講究服裝，自頭上至足尖，絲毫不能苟簡的，要有全體的均衡，要有洗練的近代化。」他心底想著理由，雖然家道中落，工作上也不過是個低階銀行員，可就是難以抗拒那頂帽子，「好像撫媚的美人在伸手招他」。他掏錢買下了商品，感到心情愉快，就連工作的悶氣也不知不覺消散了。

這是都市，都市裡的金錢，都市裡的行為模式。與其說那頂鼠灰色的帽子是出於物質的匱乏，毋寧是裝飾的需要，流行的都市感覺。〈十字路〉如此描述歲暮時分：

「你看！這島都的心臟，殷振華麗的榮町、京町一帶溢滿著人。店內、街路、亭仔腳，擁擁擠擠繁忙地在蠕動。店鋪裡和亭仔腳臨時搭起的棚，裝得如花似錦。雜貨店的帽、領帶、化妝品。時鐘內大小時鐘、時錶的裝飾品。玩具店的新正種種的玩具，花花綠綠排滿了新正用品。」

一連串名詞如旋轉木馬意象掃射，王詩琅四下環顧、捕捉現代生活帶給人們的好奇、詫異與驚喜，並具能力將那些瞬間印象予以描寫出來。更有趣的是，他的小說語言混雜漢文、台灣語文、日語造詞、外來語音，各類字貌與字意參差，生動保留台灣白話文的摸索痕跡，閱讀上的崎嶇有時反倒巧妙傳達了都市生活的碎片，短促的視覺刺激，精神的不安定感。

王詩琅小說裡的都市，並非刻板作為鄉村的對照體，也不單純只是空間背景。人物與都市的關係，不是劉姥姥進大觀園，也不全是小人物悲歌；都市的五光十色，汽車來來往往，有驚駭也有愉快；都市是惡之華，是他們的搖籃，他們的舞台，他們的墳墓。無論〈夜雨〉的勞工，〈沒落〉、〈十字路〉的知識階級，皆是都市結構裡的一個螺絲釘，或以王詩琅的語言講，一個都市的細胞。

〈十字路〉可視為〈沒落〉的後續故事，回答那些左翼運動分子、在殖民地文化市場裡成不了大氣候的小細胞——王詩琅將這些角色稱為文藝青年——如何在都市裡繼續過日子？他們憤慨的到底是都市的遊戲規則？難以翻身的階級問題？還是橫空造起這座台北城的巨手？他們既想改變又深陷其中，就像那頂鼠灰色的新帽，明知不該買又無比想要。生活比理想更緊迫盯人。朋友被檢舉坐牢，幸好不是自己。朋友想要改革社會，想要做官發財，獨有自己「食死頭路，天天飲酒，打麻雀，無為度日子」。

故事裡的銀行員頹廢虛無，不是因為厭倦都市，相反的，幸好有都市讓他們棲身，昏昏遊走，酒色尋歡，以求逃避和解脫。與失志心情形成強烈對比的是，大都市的絢麗；與他們無路可走的悲哀相映的是，寬廣的三線道，熱鬧滾滾的太平町。

故事後半，派了個剛出獄的角色，或想試著對這群頓挫失志的同志，做一召喚，然而，眾人見面卻是聚到草山去洗溫泉，懷舊談，感嘆世間。「幾個年沒有看見，實在變得太凶。」「窮人想發財，實在是比死更難。」「你也飲起酒了麼？」穿著舊衣的出獄者，對眼前安分就職的舊友感到陌生，但也無力回應朋友的滿腹牢騷。

深夜，一行人回到了繁華的大稻埕。高樓林立，電光閃爍，白晝般的街景讓出獄者驚異不已。有人提議去附近酒館，那裡可是有個貌似葛麗．泰嘉寶的美人在等候他們呢。此時，在小說開頭打腫臉充胖子買了新帽的主角，無意識地伸手摸了摸帽沿，不覺地苦笑了。

王詩琅

一九〇八～一九八四，台北萬華人，曾任多種文學和歷史報刊雜誌編輯，年輕時因參與無政府主義組織活動，三度被捕入獄，生涯發表共七篇短篇小說，戰前有〈夜雨〉、〈青春〉、〈沒落〉、〈老婊頭〉、〈十字路〉五篇，戰後有〈沙基路上的永別〉與〈邂逅〉。長期擔任《台北文物》、《台灣風物》等刊物主編，也曾負責編纂《台北市志》與《台灣省通志》，此外，因採集台灣民間故事改寫成童話，為台灣最早從事兒童文學的創作者之一。《陋巷清士：王詩琅選集》，翁佳音主編，稻香，二〇〇〇年。

台北市都市計畫：一八九九年台灣總督府公布第一次台北城內市區改正計畫，擬定拆除台北城牆、整建西門町，主要有開闢下水道，改善舊有道路，新設道路，形塑街道立面等措施。一九〇五年的市區改正，則將大稻埕、艋舺、台北城內三市街連為整體市區，向城外擴展。一九三六年，正式頒布《台灣都市計劃令》，融合都市計畫、建築管理和土地重劃的觀念，正式進入都市計畫時代。

文獻索引

〈夜雨〉，一九三五年一月《第一線》二期

〈十字路〉，一九三五年七月《台灣文藝》二卷七號

〈沒落〉，一九三五年八月《台灣文藝》二卷八、九號

〈賴懶雲論〉，一九三六年八月《台灣時報》二〇一號

大阪府堺市
ミカド複寫紙
耐久・鮮明
日本の最高基準品
國産の王者
學藝
戲班長
ライトインキ
何と素晴しい
此の大景品!!!

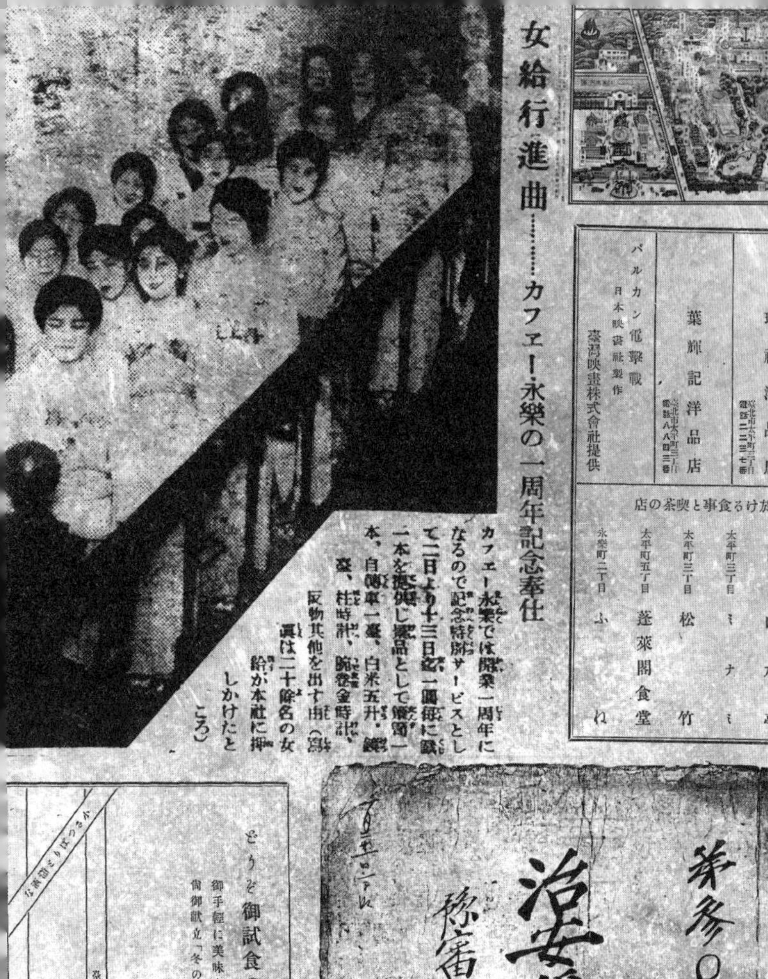

女給行進曲……カフェー永樂の一周年記念奉仕

カフェー永樂では開業一周年になるので記念特別サービスとして二日より十三日迄一周年に因み一本を提供し景品として優等一本、自轉車一臺、白米五升・鏡臺、柱時計、腕巻金時計、反物其他を出す由（寫眞は二十餘名の女給が本社に押しかけたところ）

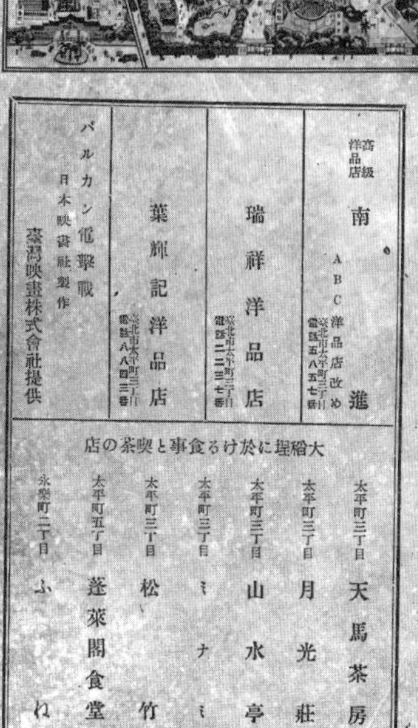

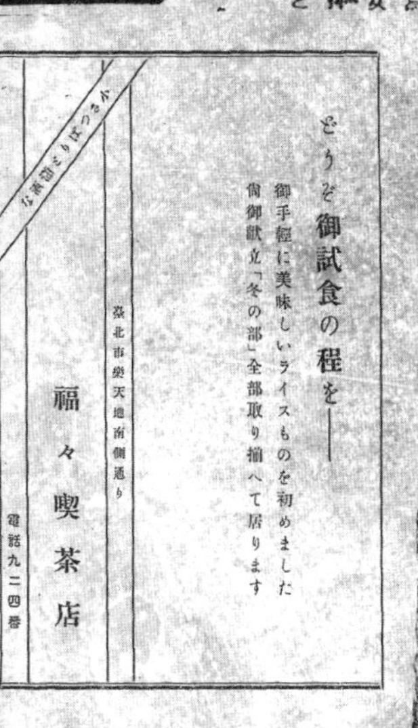

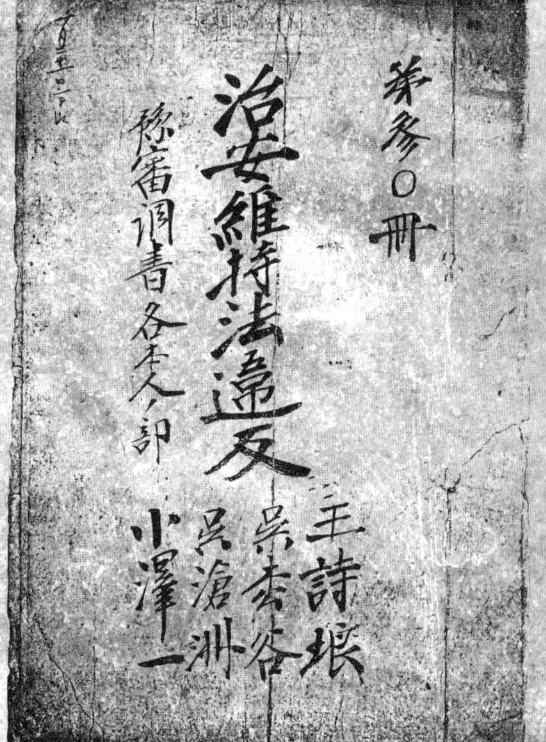

第參〇冊

治安維持法違反

豫審調書 各本人ノ部

王詩琅

呉松谷

呉滄洲

小澤一

賴和　蔡秋桐　張文環　楊逵

輯二

超人何在

賴和是誰？

一九七六年的《夏潮》雜誌第六期，以蔣渭水肖像為封面，內文重刊賴和三篇作品〈不如意的過年〉、〈前進〉、〈南國哀歌〉，文前有一篇由梁德民寫的介紹文章，標題是：〈賴和是誰？〉。

賴和是誰？這個標題點出了一九七六年多數人已不知賴和是何許人的現象。梁德民的文章一開頭，連續三個問號：賴和是誰？他活在什麼時代？他做了些什麼？

二戰結束後，台灣報刊關於賴和的討論，大約停止在一九五四年的《台北文物》雜誌，那期專題新文學、新劇運動，眾人追憶提到了賴和。在那個時點，賴和還被當作抗日烈士入祀彰化忠烈祠，但四年後，又因左派嫌疑被撤出忠烈祠。此後，關於賴和，無聲無息。一九七〇年代初，即使後來的賴和研究奠基者林瑞明教授也說，自己雖經由楊逵聽聞賴和之名，但「從來沒有讀過賴和的作品」。

梁德民這篇文章來得突然，篇幅有限，但可視為戰後世代翻箱倒櫃發現賴和的開始。

話說回來，這篇文章的作者：梁德民又是誰呢？

梁德民，本名梁景峰。出身德文系，研究海涅（Heinrich Heine），曾於海德堡大學攻讀學位，但他也譯介台灣詩歌，對白萩情有獨鍾。一九七三年，他從德國返台，一方面在淡江文理學院教德文，另方面關注台灣文學，〈賴和是誰？〉一文發表後，他與李南衡、林載爵、林瑞明共同投入了賴和全集的研究編纂工作。

由李南衡掛名主編、王詩琅寫序的《日據下台灣新文學選集》於一九七九年出版，《賴和先生全集》是五冊中的第一冊，另有小說兩冊，詩與文獻各一冊。其中《詩選集》的編後記，由梁景峰撰寫。這套書，與同年出版，由葉石濤、鍾肇政主編的《光復前台灣文學全集》，並列成為解嚴前關於日治時代台灣文學的基礎史料。

同一段時間，梁景峰改寫女詩人陳秀喜的詩作〈台灣〉，然後由李雙澤譜曲，成為〈美麗島〉。這首曲子日後的起落與傳唱，應是大大超過他們當時的預測，而李雙澤的人生出乎意料的短促，世人竟沒有機會聽到他自己演唱〈美麗島〉。

梁景峰與李雙澤合作多首詞曲，詞意真摯、簡白、前進、希望。其中一首〈老鼓手〉，梁景峰自述是一九七六年懷念吳濁流之作。「老鼓手呀／我們用得著你的破鼓／

但不唱你的歌／我們不唱孤兒之歌／也不唱可憐鳥／我們的歌是青春的火焰／是豐收的大合唱／我們的歌是洶湧的海洋／是豐收的大合唱」。

那是鄉土文學論戰前夕，知識圈最同心一氣的時代，勇於反省，懷抱樂觀。他們開始追問賴和是誰？面對「那個不引人驕傲的過去，那個雜亂不清的過去」，但也希望走出悲情，從亞細亞的孤兒轉向豐收的合唱。

李雙澤去世隔年，《台灣文藝》雜誌將吳濁流文學獎頒給他的〈終戰の賠償〉，一篇大膽碰觸殖民與戰爭殘史，又帶著點王禎和嘲諷氣味的小說。周年忌，梁景峰將李雙澤各類創作編成《再見，上國》出版，那是一九七八年。年底，台美斷交傳來，鄉土文學論戰沉寂。隔年，美麗島成為一起事件，而不是一首歌，梁景峰的身影似乎漸漸淡出了。

八〇年代，昔日以黨外之名聚合的勢力逐漸分流，淡江文藝圈裡的名字，也各走各的路。四散閃耀自己的光芒。賴和逐漸為人所知，又被平反放回了忠烈祠。再見梁景峰的名字，時間已經來到解嚴那年，一套五十冊的《當代世界小說家讀本》，選本、譯文都是一時之選，其中，歐陸地區由梁景峰主編，除了熟知的卡夫卡、普魯斯特，也引進當時台灣還很陌生的卡內提（Elias Canetti）、波爾（Heinrich Böll）、尤瑟娜

（Marguerite Yourcenar），現在，這些作家，也逐漸為人所知了。

一九七七年六月一日出版的《夏潮》雜誌，特載：先驅者賴和的小說。

詮釋的百寶盒

談賴和者何其多，但我總不知如何談賴和。關於他的敘述，看得愈多，就愈墜五里霧中，各種言論都有道理，但要滿足於任何一種，卻是不容易的。

賴和曾是一個典範，戰前文人幾乎無分左右，推崇他為可敬長輩，領航往前走的旗手，鄰坊百姓為其死哀悼，所謂台灣人的良心人物。世紀末，他代表一整段被掩埋、忽略的文學，歷史重建由他起頭，凡談台灣文學焉能不談賴和。

作家成為一個典範，到底幸或不幸？文章被評價、被議論、被引用，甚而得到尊崇，到底是真換來讀者？還是人云亦云、刻板化、反倒成了文學的損害？典範的解釋與使用，要說完全無涉於政治、商業畢竟不太可能，日治時期台灣文學，受政治牽連尤其嚴重。

對解嚴後世代來說，「賴和是誰？」不再是個問題，然而，緊接而來的問題卻可能是：「為什麼是賴和？」他那乍看之下生澀而混雜的文字，對比文言文、白話文、日文，無一討好，他的苦惱與他的信念，也不是那麼顯耀，年輕讀者要如何欣賞這個作家？理解他的作品？而不只是為典範而典範，落得囫圇吞棗，強作解讀的厭倦。

閱讀文學與研究文學，是該訴諸同理心？還是分析的有效性？一直是兩難問題。這個難，在賴和身上，更是拿捏不定。說出來的，怎麼樣都是江水一瓢，各種看法，即便努力兜成一個邏輯，很快又有矛盾默默地在心裡產生。

有時候，我想，與其作為一個研究對象，賴和若成一個小說人物或許合理得多，甚至迷人得多。他的人生新舊交雜，教育背景如此，寫作之路也如此。他的身上融合了傳統與新式教育的長處，追求啟蒙進步，卻也懷著對舊時之美的眷戀；他的漢詩與小說，記錄了新舊文學消長的一步一腳印。他的人，少見地取得了人心的最大公約數，無論菁英庶民，人人對他感恩。他的經歷與文學，幾幾乎乎成為日治五十年的縮影，彼時重大事件、各色人物、階級關係、團結分裂，皆留影於他的小說……

這樣的賴和，被比附成台灣的魯迅，或因二人都置身時代轉折點，而且還是走在前面的人物。不過，就如同魯迅是個多麼不容易看透的人，賴和浪漫與平庸並存，剛強又與軟心參差，雖然盡量做到壓抑私己去推動時代與人群，但還是有令人感到困惑矛盾的地方。

儘管被稱為新文學之父，賴和創作卻以漢詩始，以漢詩終。要看他寫得最好的憤慨、無奈與感傷，恐怕得從漢詩裡去找。他的新文學，反倒綁手綁腳，一時無法花開燦爛，但留下了苦心接枝，語言實驗的過程。

儘管帶頭提倡新思潮，賴和行事做人，許多溫厚仍然根繫於舊傳統，四處奔走啟蒙，登台演說之前，他不是沒有過猶疑：「大眾這樣崇仰著、信賴著、期待著，要是不能使他們實際上得點幸福，只使曉得痛苦的由來，增長不平的憤恨，而又不給予他們解決的方法，準會使他們失望，結果只有加添他們的悲哀，這不是轉成罪過？」——這段話，多麼讓人聯想魯迅的「鐵房子的悲哀」？

新興的時代，是為誰開闢？臨到身上的，到底是幸福還是悲哀？他反省自己充其量不過是站在菁英的制高點，迷信固然該破，但破了又叫台下庶民的痛苦向誰訴去？歡迎社會進步、也希望百姓幸福的他，經歷一次又一次理想與現實的背反之後，如此寫下：「時代說進步了，的確！我也信它很進步了，但時代進步怎地轉會使人陷到不幸的境地去？啊！時代的進步和人們的幸福原來是兩件事」。

這麼多的矛盾苦惱，拔得歷史頭籌地，呈現了處於殖民支配下的一個人，內外相逼的糾葛、野心與碰壁。賴和文學，預留了後來我們反覆思考、爭論不休的問題原型，他所描繪出來的意象、三言兩語，因此成為象徵或隱喻，讓我們不斷地揣測、沿用下去。

是如此成為典範，一個作家的時代機遇，以及他的預感。典範有趣之處，往往在於可以成為一個詮釋的百寶盒。魯迅學浩瀚紛雜，每個人都看到了魯迅的一些面向，但也可能只是一些面向，取決於研究者自身的情感與價值如何切入——這是無妨的，典範也多半禁得起這樣做——倒是，我們為何總不厭倦，一個接著一個這樣做呢？應該是那些文本，真讀了，總有點什麼，敲到了我們的內心。

獄中賴和

賴和一生兩次下獄，一次意氣風發，一次卻是心思驚惶。

從年齡看，第一次下獄，盛年三十，原因是與一九二三年的「治警事件」有所牽連。「治警事件」是日本領台以來首次對台灣士紳知識人進行大規模檢肅，當時引起法政各界議論，後續激發了反對運動與文化啟蒙的民氣。

被扣押的賴和，心情熱氣而不寂寞，在一篇名為〈阿四〉的自傳性質濃厚的小說裡，他理直氣壯寫道，這些熱心於社會運動的人，都不是為著自己個人的事，人們對於被檢舉的人，也不去鄙視而是生出崇仰。牢獄經驗讓賴和切身感受「壓迫」，獄中漢詩：「今日側身攖乳虎，模糊身世始分明」，過去勉強合理化的殖民差異現實，至此不得不有所覺悟。這次入獄不過二十來天，出獄後賴和熱血不減反增，日後廣泛涉入抵制殖民運動十餘年。

第二次入獄，年四十八，一九四一年，別說賴和自身已屆中晚，逐漸淡出創作和文化活動，就連台灣整體氣氛，也有戰爭陰影；入獄當日，珍珠港事變勃發。獄中賴和不復當年率性，面對蚤咬蚊擾，夜多不能睡，只期盼早日出獄。奈何事情像被遺忘了似地沒有進展也不得澄清，他漸漸陷入絕望，體況也漸顯病象。

這回關兩個月，賴和留下〈獄中日記〉，可算他最後的寫作。瑣碎無修飾的文字，顯現出來的不是一個樂觀、志氣、鼓勵的賴和，而是一個軟弱不安的賴和；不是一個瀟灑文人，而是一個苦於家計的長兄與父親，期盼釋放，日望一日艱苦過，第十七日，寫道：「我的心真是暗了。幾次眼淚總要奪眶而出，想起二十幾年前的治警法當時，沒有怎樣委靡悲觀，是不是年歲的關係，也是因為家事擔負的關係。」

他自己說明白了，年歲與家事，使他堅韌的形象一日一日垮倒下去。不復憂心社稷，而是屢屢想起家中情景，手足病逝，上有父母，下有子女，又值家中整屋需金，醫者如他，竟也擔憂「一日不能勞動，即一日無收入」。

第二十日，反覆讀《心經》，心仍不能鎮靜，「父母的憂愁，妻子的不安，家業的破滅，苦楚淒涼一齊溯上心來，真使我要發狂」。

第三十七日，「我自己恐是狹心症或心囊炎，萬一突然起心臟麻痺，就是最後了；所以對於家事的整理，不能無所計畫，就寫在別紙，有似遺言狀，自己亦覺傷悲。」

閱讀〈獄中日記〉，簡直目睹賴和內心，有點難堪，不過，也是到此境地，才實感他的艱難。他是一個醫德備受稱頌的醫生，常在年終把病人借據付之一炬，誰知他自己的生活，也有沉重的擔子要扛。作為時代領航人物，卻也難免個人油盡燈枯的苦惱。

人若喪失信念，往往就沒了魂，獄中賴和心疾漸重，日記停筆，出獄。獄後早春，兒時書房小逸堂開同學會，他去了，兒子結婚，親友告別式，他一一露面，然後，度了一個中秋，和詩社朋友合影留念。亂世唯求安家。同年底，他住進台大醫院，楊雲萍來探，留下了文學史上知名的場景：躺在病床的賴和忽然撐著坐起來，用左手壓住苦痛的心臟，切聲感嘆：「我們所從事的新文學運動，等於白做了！」

翌年早春，小逸堂再聚，賴和這次沒有出席。這個人，生於日本領台前一年，又逝於日本戰敗前夕，他所扎根的過去，離他愈來愈遠，他所企盼的未來，還來不及看到。如果把整個殖民時期比喻為一段監獄經驗，賴和恐怕是早早就入了獄，卻沒有能夠熬到最後出獄的時刻。

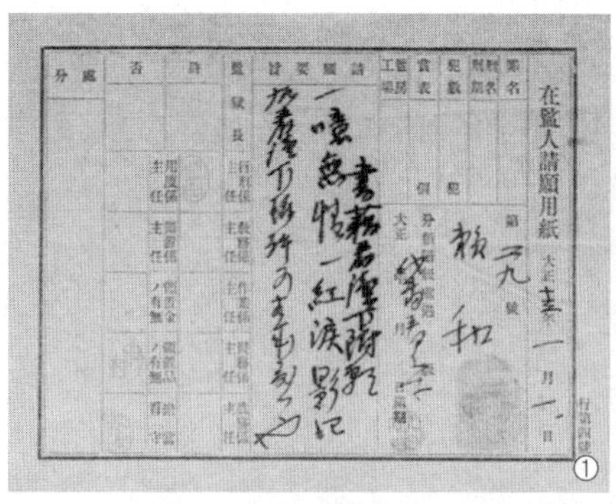

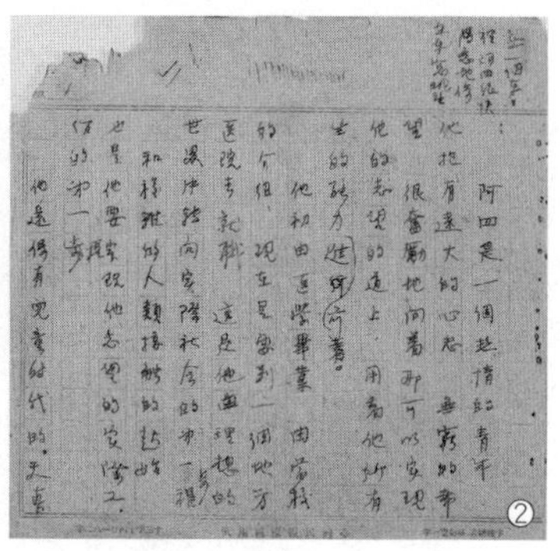

① 一九二三年十二月，因治警事件入獄，賴和在獄中申請看書。圖片提供：賴和文教基金會
②〈阿四〉手稿。圖片提供：賴和文教基金會

超人何在

在吳濁流的回憶錄《台灣連翹》，目睹過日本殖民初期凌虐的祖父，如此告誡他：「台灣是一個孤島，周圍都被海包著，想逃也逃不出去。我們完全和籠中的鳥一樣，並不知什麼時候會被殺死，是我們可悲的命運。志宏，你長大了，一定要以『明哲保身』為第一，絕不能因一時的憤怒而衝動起來。無論如何都得隱忍自重。」

在孫子眼中，祖父並不親日，也抗拒日本帶來的種種新奇，但對於子孫未來，他無奈接受現狀。台灣島，黃旗去了紅旗來，移民族群的求生畏死、明哲保身，在這些話裡表現得很明白。

賴和曾在一篇叫作〈辱?!〉的短文，描述殖民地生活下的台灣百姓為何熱中看戲。「在這時代，每個人都感覺著：一種講不出的悲哀，被壓縮似的苦痛，不明瞭的不平，沒有對象的怨恨，空漠的憎惡；不斷地在希望這悲哀會消釋，苦痛會解除，不平會平復，怨恨會報復，憎惡會滅亡。但是每個人都覺得自己沒有這樣的力量，只茫然地在期待奇蹟的顯現，就是在期望超人的出世，來替他們做那所願望而做不出的事情。」

與其說小島小民，妄自菲薄，更實在的原因是，日頭赤焰焰，隨人顧性命。得空看看戲，占卜算命，廟口鬥鬧熱，心裡那些講不出、被壓縮、不明白的悲哀苦痛，倘若被戲台上哪個行俠仗義的角色給扳平扳直了，真是拍桌叫好的爽快。

奈何戲演起來容易，現實生活哪來奇蹟？超人何在？就算出現，若非假貨，也常悲劇收場。殖民中期出現的「台灣文化協會」，資產士紳團結西潮青年，有錢有才，四處搭台，又講又演，鼓吹文明進步力量，台下眾生也寄予他們超人的期待，沒想戲愈演愈多，反倒起了內訌，超人未成，風雨一來，不管做戲瘋，還是看戲傻，都零零落落散去了。

一些文學人另闢舞台，想把戲再接下去，不過，這回演的不是敲鑼打鼓的超人劇，而是關於弱小與無能，現代主義風的內心劇。弱小，無能，幼稚，貧血，都是經常出現於當時文學作品裡詞語，表露殖民地文學的自我焦慮。從賴和到呂赫若，台灣作家一兩代人，似乎沒有出現過誰真正樂觀勇氣到足以認為自己能成為超人，他們困惑、摸索：什麼是台灣的文學？鄉土色彩等於台灣文學嗎？「殖民文學」有路可走嗎？一問再問，來到最後決戰時局，悲哀的皇民劇，無論文學還是文化，都只落得龍瑛宗形容，「宛如京劇中的小丑般，鼻尖塗白、動作滑稽地手舞足蹈。」

一直以來，戰前文學使我感觸深重的並非抵抗的成敗，而是那種不知道自我何去何從，四面碰壁的焦慮與苦悶。不僅沒有天生超人，演的還是腳本不清的戲碼。在〈辱?!〉的情節裡，台下眾生期待戲台上的強橫凶惡者會被鋤滅，善良的弱小得到勝利，大快人心。奈何戲看得正熱，執法人來了，嚇得小販鳥獸散不說，取締費用還得由這些生意百姓來負擔，終了，執法者尚且不忘對台上高談自由平等正義的文化人面前，展一展威風。

正義不得也就罷了，還得唯唯諾諾一番。實在是「辱」。

殖民地文學的圖景，血淚之外，總不乏許多吞下「辱」的故事，祖父說的「隱忍自重」，延續支配了好幾代人。整個殖民時期，當了多年小學教師，自外於文化運動的行伍，似乎做到了祖父交代的明哲保身。不過，長年隱忍的不平、不滿，累積到終戰前夕，這種存亡之秋，終究逼出了置之死地而後生的念頭。覺悟世間本無超人，要有也不過自己心裡一股衝動罷了。

吳濁流是在這種無法預料明天，不想毫無意義被歷史巨輪輾過的心境下，跳脫了長期隱忍，暗地寫成《亞細亞的孤兒》。書裡的胡太明已經跨出孤島，徬徨日本，遠渡大陸，但他還是沒有當成超人，也沒有超人來拯救他；賴和筆下那種「講不出的悲哀，被壓縮似的苦痛」鬼附身般跟著他。胡太明最後發瘋了，吳濁流自序道：「有心的人，誰能不發瘋呢？」

賴和

一八九四～一九四三，本名賴河，彰化人。十歲入私塾習漢文、日後接受完整日語教育，二十一歲畢業於總督府醫學校。二十四歲開設「賴和醫院」，一生救人無數，被譽為「彰化媽祖」。除了以漢詩言志抒懷，自學漢語白話文，一九二五年的散文〈無題〉、新詩〈覺悟下的犧牲〉，以及一九二六年的小說〈鬥鬧熱〉讓他成為台灣文學史上以白話文創作現代文學的第一人。曾擔任《台灣新民報》文藝欄編輯、《台灣新文學》漢文編輯、「台灣文藝聯盟」委員長。著有新詩〈南國哀歌〉等，小說〈一桿「稱仔」〉、〈辱?!〉、〈惹事〉、〈豐作〉、〈鬥鬧熱〉、〈蛇先生〉、〈善訟的人的故事〉等。《賴和全集》，林瑞明主編，前衛，二〇〇〇年。

治警事件：即「治安警察法違反事件」。由於林獻堂等人在東京發起的台灣議會設置請願運動，受到阻撓，蔣渭水等人於一九二三年成立政治社團「台灣議會期成同盟會」，未料同年十二月，總督府以違反《治安警察法》為由逮捕四十九人，傳訊五十人。《台灣民報》曾兩次報導審判，事件被告者皆被視為台灣人的英雄。壓制未成，反而使議會設置請願的連署創下新高。賴和因「治警事件」第一次入獄。

梁景峰：生於一九四四年，淡江大學德文系副教授。現已退休。任教於淡江大學期間與李雙澤熟識，李雙澤過世後，梁景峰與他的師長好友整理他生前作品，於一九七八年出版《再見，上國：李雙澤作品集》（長橋出版社），其後與李元貞編輯他的紀念文集《美麗島與少年中國》。

小逸堂：為清代儒士黃倬其在故鄉彰化開辦的漢文私塾，奠定賴和深厚扎實的傳統文學基礎。賴和十四歲時進入小逸堂修習漢文。日後黃文陶、賴和等十一名學生，組成「小逸堂晉一會」之同學會，每逢十晉一之年定期聚會。

台灣新文學運動：日治時期台灣提倡的「新文學」，受到中國胡適的五四新文學觀影響，包含兩部分：白話文運動和寫實主義，引發了新舊文學論戰、台灣話文及鄉土文學論爭。萌芽期（一九二一～一九二五）特色為強烈的社會政治使命。成長期（一九二六～一九三〇），以《台灣新民報》的發行為代表，賴和小說〈一桿「稱仔」〉、〈不如意的過年〉等，都在此時發表。三〇年代進入台灣話文論爭，探討白話文與台灣話文的關係。促使作家投入母語創作，賴和〈一個同志的批信〉即以福佬話寫作。黃金時期（一九三一～一九三七），《台灣文藝》與《台灣新文學》成為新文學運動最重要的兩本刊物。小說創作出現中文與日文兩大作家系統，出現中、長篇體裁，並嘗試以寫實主義和現代主義藝術手法寫作。

《夏潮》雜誌：創刊於一九七六年二月二十八日，一九七九年二月被警備總部查禁停刊。內容以反帝國、反資本主義的論述為主，涵蓋文藝、社會、經濟及歷史各層面，總編輯為蘇慶黎，作者群包括陳鼓應、王拓、陳映真、尉天驄、唐文標、楊青矗、李雙澤等人。

李雙澤：一九四九～一九七七。台灣校園民歌運動的催生者。一九七六年十二月三日於淡江大學西洋民謠演唱會，主張「唱自己的歌」引爆了一九七〇～八〇年代的校園民歌風潮。代表台灣人開始問「自己是誰？為自己發聲」的起點。他身為菲律賓華僑，思考華人移民在殖民地的歷史，寫下了獲得吳濁流文學獎的〈終戰的賠償〉。創作歌曲〈老鼓手〉、〈美麗島〉、〈少年中國〉等廣為人知。

文獻索引

〈無題〉，一九二五年八月《台灣民報》六十七號

〈覺悟的犧牲（寄二林事件的戰友）〉，一九二五年十二月《台灣民報》八十四號

〈鬥鬧熱〉，一九二六年一月《台灣民報》八十六號

〈辱?!〉，一九三一年一月《台灣新民報》三四五號

關於戲謔

把殘酷不公、令人憤怒的事情，以詼諧、輕鬆的方式，寫得讓人笑出眼淚來，很可以是一種先禮後兵的技巧，特別是在不允許控訴的時代，這類筆法往往偷渡成功，乍看胡扯瞎鬧，但凡識喜怒哀樂者，很快便能領教到其中的沉重與苦悶。

台灣文學史，戲謔小說向來不缺，戰前表現頗受評價者是蔡秋桐，他的人生黃金期在北港鄉間當了二十幾年保正（日治時期最基層公職，仲裁鄰里外，協助政府維持秩序、宣傳政策），這個職位使他能在第一現場目睹眾生相，也讓他對官民之間的矛盾與欺瞞，有了比較通透的視線。

以今日眼光看，蔡秋桐文字並不討喜，漢、和夾雜，大量使用俚語，各元素之間充滿了不協調，不過，這一點反倒也為故事裡小百姓與大結構的不協調做了襯底色。蔡秋桐很喜歡寫村夫村婦的故事，不批判也不議論，光以俗詞俚語，將小人物的心態舉止，常見的農民警察衝突，寫得滑稽可笑，不過他白描、憐惜這些村夫村婦的心意，恐怕要勝過將他們予以誇大、扭曲，以求戲劇效果的意圖。

蔡秋桐的早期作品〈放屎百姓〉（篇名本身已何等戲謔），寫的是村夫阿發的故事，這阿發本來也是有田有事可做的，只是毫無算計，不懂得主張所有權，別人怎麼哄騙就迷迷糊糊跟著怎麼做，他也未必是瘋癲，頂多只是一個「憨」字，而這正是台灣戲謔小說中常見的人物類型。

憨阿發倒楣，逢到殖民資本主義對台灣底層資源予以巧取橫奪的時代，財愈散愈少，田愈做愈小，就連房屋也逐漸毀壞，最後落得一個羅漢腳的處境。當然，阿發不會明白、也無從追究外在政治經濟結構的大原因，他只納悶自己「農也做，商也做，工也做，怎樣逐日得不到三頓飽？」他不明白自己「沒有像人去上菜館，也沒有賭博過，又是勤勞，又是儉省，怎樣愈做愈窮」？

世間當然沒給他回答，但阿發憨到生氣也不上火，頂多就是發個呆，嘆口氣，搞得一向不怎麼在乎他的人們反倒奇怪起來：怎麼這發哥也會憂愁呢？

幸運不來，厄運倒請不走，阿發正在體力不濟的時候，僅存丁點生命根的小田，又被官廳指定充作水路，真是「要哭也沒有那麼多的眼淚」，「要死也沒有雙條的生命」，他理該去申訴申訴的，可天高皇帝遠，哪容易見得著，且他又「怕官甚於怕瘋狗」，只能「無處伸冤，終於無處伸冤罷了」。

讀者讀到這個「罷了」，也只能作罷。因為，接下來的文字，被當時報章檢閱制度刪去，沒得讀了。

小說後續如何？敘事者可能想出什麼辦法來改善阿發處境，或把阿發再推向更悲慘的境況？想想，似乎也不是非知道不可。從檢閱制度倖存下來的最後文字，連喊兩次「無處伸冤」再加一個「罷了」，幾已寫足阿發處境：一個承受宿命，不是毫無知覺，但也沒有哭天喊地，安安靜靜的善良人，已經在那裡了。

戲謔路線的寫作，延續到戰後，王禎和自然是其中翹楚，葷腥不忌，文言、西語夾雜，令人笑淚捧腹，不過，談到小說，王禎和的發言可是嚴肅得很。他說過三言兩語，頗值得放在心上：「在某些時候，（小說）不能作為怨恨的抗辯，帶了這作用在裡面便不太妙了」。

王禎和：一九四〇～一九九〇，花蓮人。現代主義思潮下的鄉土文學家。就讀台大外文系時，於《現代文學》發表作品〈鬼。北風。人〉，引起張愛玲注意，特別造訪其故鄉花蓮，堅定王禎和純文學創作之路，擅長以諧謔技巧表達小人物的生存處境，一生創作小說二十餘篇，代表作品有《玫瑰玫瑰我愛你》、《人生歌王》、《美人圖》、《嫁妝一牛車》等。

蔡秋桐

一九〇〇～一九八四，雲林元長鄉人。七歲入私塾學漢文，十六歲才進元長公學校就讀，在學期間便於《子供の世界》（兒童世界）發表短篇小說。二十二歲開始擔任保正，兼任製糖會社原料委員。作品以漢文為主，創作高峰期為一九三〇至三六年間，著有小說〈帝君庄秘史〉、〈保正伯〉、〈放屎百姓〉、〈連座〉等。

文獻索引

〈保正伯〉，一九三一年二月二十八日《台灣新民報》三五三號

〈放屎百姓〉，一九三一年四月二十五日《台灣新民報》三六一號

愛國
二百本桐箱入金四拾錢
五十本入金拾錢
日乃出
二百本桐箱入金五十錢
廿本入金五錢
國益
廿本入金五錢
慢性胃腸病の
結核性疾患の
病中病後衰弱
人は心から
反應の薄弱なくすり、その
け效く藥、何れも感心した
ネオネオギーを服用すれば
增進、血色良化、元氣回
ぐわかる—更生の徴候と—
怪奇藥物と植物ホルモンの
▲早學び▲日露勝敗觀▲戰爭字引▲戰爭地理▲戰爭文壇……
書店

武陵旅館
旅館增築廣告
中央書局
清江醫院
頭痛的時候只服一包
丸竹白粉
內外藥房
南村商會
臺灣之文化
臺灣文化協會發行
不老長生の靈藥か

大哥班長

一九七八年四月，《笠》詩刊與《夏潮》雜誌，同時推出張文環追思專輯。一個封筆近三十年的作家，竟能召喚出整個戰前文化圈、不分台日族群，紛紛撰稿追憶，戰後跨語世代也對他追念有加。

文友們說他義氣，盡責，不輕易妥協，又說他風趣，隨和，「痛愛子女及珍惜友情無可復加」。史料裡的他，文學、政治、商界多有交陪，去世後，別說家人朋友難過，就連日常來往的理髮師，計程車司機，賣獎券的婦人，都默默來鞠躬捻香，為之一哭。

這樣的人，理該熱熱鬧鬧，資料一堆。然而，九〇年代之前，知曉他分量的人並不多。若被提起，多討論他與《台灣文學》這本雜誌，強調他作品裡的台灣色彩，稱許他是擅長描寫台灣風俗的作家。的確，他的小說裡，知識分子不多，也很少東京氣氛，但就楊逵、張文環、龍瑛宗、呂赫若（依年齡序）這四位最常被列舉的台灣日語小說家而言，張文環的旅日時間其實最長，從一九二七到一九三八年，幾乎和昭和前期的普羅（左翼）文學的興滅相始終。

張文環先在日本岡山念中學，一九三一年去東京念東洋大學文學部，二十來歲，最受浪漫支配的時期，不論左翼外圍組織或地下讀書會，都本著抵抗台灣殖民統治的動機去參與，因此，當時對普羅文學的彈壓，他也沒能豁免，被檢舉、被拘留、被退學的滋味，都嘗到了。這個頓挫促成了張文環與蘇維熊、巫永福等人組成「台灣藝術研究會」，機關刊物《福爾摩沙》（フォルモサ）則促成了張文環的小說創作。

《福爾摩沙》存續時間不長，但從文藝理念與創作語言來說，是關鍵性的轉向。一方面是日語浸透世代集合，另方面是小說文體進化。一九二〇年代後半席捲日本文壇的無產階級文藝與新感覺派文學，濃厚地影響著這群台灣青年，他們一方面討論文藝大眾化，採集台灣鄉土歌謠、民俗，另方面又尋找因應現代生活、都市氣氛的靈活文體。張文環之於這份雜誌至為重要，除了發表小說，亦承擔多數編務，雜誌登記住址正是張文環的東京住處。

張文環在《福爾摩沙》發表了最初兩篇小說，停刊後，繼續寫作〈父之顏〉（父の顏）：一篇取材過去幾年涉入非合法運動與坐牢經驗，兼及與日籍女性的戀愛、家鄉父親的期盼，使主人翁苦惱於理想受挫、不知何去何從的心境之作。他將這篇作品寄去

《中央公論》參加懸賞徵文；自楊逵的〈送報伕〉在《文學評論》刊登以來，將日語作品投寄內地文藝刊物以求注目，成了台灣新一代文藝人的目標。呂赫若〈牛車〉於《文學評論》，張文環〈父之顏〉於《中央公論》，翁鬧〈戇伯仔〉於《文藝》，龍瑛宗〈植有木瓜樹的小鎮〉於《改造》，都是同一種操作。

〈父之顏〉在千餘篇來稿中被列為「選外佳作」，與幾個月後翁鬧的〈戇伯仔〉，算是兩篇首開先績的作品。不過，張文環的文學，不像翁鬧來得那麼迅速亮眼，而是琢磨很久，大隻雞慢啼。自己這一代到底要寫怎樣的文學？以日文如何寫出具有台灣色彩的文學？這些《福爾摩沙》時期提出的問題，張文環似乎繼續在思索。〈規定的課題〉這篇隨筆提到，面對台灣的殖民地現實，可還有當作家的意願？如果有，那麼，文學將變成是體力與氣魄的問題。至於到底該寫現實主義或浪漫主義？現實和夢想是否全然兩立？這類當時文壇吵鬧、呂赫若形容為「兩種空氣」的兩難，張文環妙答：「在現實的夾縫中追尋夢想就好了。」

體力與氣魄。現實的夾縫。這些詞確實可以作為摸索張文環的鑰匙。儘管在文學裡鍾情起來很固執，但張文環現實並非無能，相反地，一九三〇年代上半的東京，台灣新民報東京支社常見他的蹤影，《台灣文藝》他參與，後來的《台灣新文學》也請他幫忙，他的住家招待許多台灣文友，若有需要，向資產士紳、政治人物爭取支持，遊說募款，這類事情他也是能做的。吳坤煌回憶當年，感謝張文環的鼓舞。翁鬧說雜誌事務只能多指望張文環。呂赫若形容張文環能「動口也動手」，文學又是「當今最值得信任的人」，接下《台灣文學》雜誌，論時機，論人，是再恰當不過的事。

一九三九年《台灣新民報》的新銳中篇專輯，由翁鬧〈港町〉先發上場，截然不同的氣氛與文筆讓人眼目一新，不過，對比翁鬧失之草率的結尾，接棒的張文環〈山茶花〉架構沉穩，進度一絲不苟。自〈父之顏〉揚名以來，張文環的文學事業，或許至此才真正上手，《台灣文學》創刊後，更是進入了創作黃金期。

《台灣文學》可標示為戰爭期台灣文學的最大收穫，也是主事者張文環人生的高峰。他性格裡臨危不亂，承擔責任，能協調、照顧群體的大哥性格，在此時期格外展現出來。若說《台灣文學》集結了理念相近的一代人，張文環彷彿帶頭班長，文友覺得他可靠，精力旺盛，他的作品創造出一個不受皇民化時潮支配、兀自依照自然節氣、庶民性情而運轉的生活空間，讓同代人一起鄉愁，一起做夢。無論是楊逵，或是呂赫若、龍瑛宗，都服氣他作為小說家的才能，就連日本人作家、學者也對他肯定有加。

天時地利人和，這個班長看似一切稱職，但就差幾個月，戰火愈燒愈燙，他沒能像呂赫若那樣，來得及出版一本自己的小說集。戰後，日語無路，日語文學更無路，儘管人人稱許他文學天分最高，也正步入成熟境地。他改走地方政治，班長從政似乎也是好選擇。孰料爆發二二八，一班文人驚惶鳥獸散，連他也遭小人檢舉，逃往內山避難的路上，遇見昔日文友巫永福，今昔相照，好不欷歔。

往後，活著已是餘生。他對採訪者說，二二八之後他折筆不再寫，也不談文學，因為文學朋友都在事件中慘遭殺害。這是一個悲憤的班長，看著空掉的席位，已無心力再辦文學雜誌，也不允許自己把文學作為悲哀的玩具。於是，人們再也沒有讀見他任何一篇小說。只在林獻堂去世後寫了篇〈難忘當年事〉，中文稿，不知是自筆或請人潤過，三言兩語就讓人憶起戰前的張文環，總從一些意料之外的細節切入，看大人物帶著冷靜與刁鑽，對小人物則是溫暖與痛愛。

七〇年代，張文環總算重新提筆，用的是日文：《地に這うもの》（滾地郎），儘管是這樣一個忍辱負重的標題，沒有做人基本條件的時代，但張文環筆下，山的美麗，萬物多情，又回來了。就在眾人以為，他自己也以為，應該就此寫下去的時候，突如其來的心臟病終止了一切。

他總是差那麼一點點。有耐心起步，等待熟成，卻來不及收穫。他的前半生，幾次爬上高峰，又被推落下來。他的後半生，在兒子眼中：「未能繼續文學與創作之途，父親的內心一直有很深的不安和遺憾。」好不容易，他找到了釋放自己的方向，第一本書，卻成了最後一本書。

張良澤編《張文環追思錄》。
圖片提供：國立臺灣文學館

甜得像糖

把泥塊堆成的小山搗毀，蓋點泥巴，再插上一根鼠尾草。

番薯鬼要來了！孩子們喊著：快逃吧，快逃吧。

他們轉身鑽入竹林，再起一番玩耍。回來時候，鼠尾草的葉子已經枯萎，大家爭相把番薯挖出，撥開皮，甜得像糖，好吃極了。

這是張文環寫烤番薯的情景。甜得像糖。要說張文環是甜蜜的作家，或許違反常識，但我卻往往在一種甜蜜感受裡，最是讀到張文環的深情。

在女兒回憶裡，張文環是英挺豪放的父親，讓子女「生活在美麗虛幻的溫室」，讓妻子「不食人間煙火」。當年呂赫若形容張文環，也說「他就是擁有讓人覺得與那壯碩的身軀不相應的纖細神經。不但情感細膩，還是個極其浪漫的男人。」

這說法看準了人，還點出了小說。方頭大臉的張文環，寫起小說瑣細柔軟，極端敏感於天地生活種種素材，琢磨它們在字裡行間閃閃發光，有時痛愛難捨，放任作品結構失去平衡、閱讀崎嶇，他也倔強不願修改。

若非敏感，他的小說〈夜猿〉，不可能捕捉到天地萬物那樣多而細妙的聲音。與外在時代隔絕的山居生活，處處傳來大自然的胎動。不肯睡的孩子在床上鬥嘴，在母親懷裡仗勢捉弄；屋後山裡的猴群為了搶巢吵得沒完，也許有颱風要來了；溪澗的水滴滴答答好像就在屋簷，老鼠啃柱子的聲音，聽起來像父親在隔壁房間打著好大的算盤，孩子們模糊地拉拉被子，睡著了。

醒來時，灶爐裡小樹枝畢畢剝剝燃燒；屋外雞在叫，鴨在吵，豬隻呼嚕呼嚕吃飽，牛像抽菸似地吐大氣，淋了雨的鵝，昂首闊步好愉快；池塘裡青蛙，呱呱，嘎嘎，或高或低，簡直如跑馬場裡女人打起了群架；黃昏暗，山鳩咕咕啼叫，撩人鄉愁；被占了巢穴的鳥，遭了狐狸的暗算，拚命掙扎著翅膀；而山後傳來的汽笛聲，是要回去阿里山的火車。

〈夜猿〉沒什麼情節，兩萬多字，淨寫山居的春夏秋冬，一個家庭小小的生活。父親結束了山下渾渾噩噩的生活，回到山上自己的土地，借竹營生。

我不能說這是一個很好的故事，但其中那些人與天地萬物之聲響動態，宛如山風迎面吹來，有種塵埃盡去，反璞歸真的魔力。張文環履行了他青年以來立下的志向，傳達了他所感動的生活，且他愈來愈選擇那些微小的事物來加以描述。或許這也是一種對粗暴外界的出走與突圍。張文環兀自在人煙清冷的小天地，將生之趣味寫到極大，用情至深。關於台灣山居，自然生息，實在還沒有人寫得比張文環更動人。

〈夜猿〉得過獎，也有負面意見，有人認為它欠缺世界觀，現實感不足，讓人費時看完卻摸不著頭緒，只是「一個回不去的夢」。的確，小說通篇除了深情觀照，章法並不強，可這個夢，讓人讀著讀著想跟隨那些孩子，一起傾聽，一起做夢，沉溺於那些留下甜蜜滋味的幸福經驗，直至，收尾處，一個無預警轉折，好似一隻別於自然的大手，伸進來，打醒了夢裡的生活。

下山而沒有回來的的父親，到底出了什麼事？母親把孩子抱在懷裡，好像山中的母猴抱著小猴逃命，趕夜色下山去尋找。

張文環的確是在做夢。在那個時代，那樣的限制之下，還能執意做夢已不容易。他在夢裡給予我們清醒與愛憐。不過，即使如此，最後他還是下了幾筆，將小說踢回了殖民與戰爭的現實。

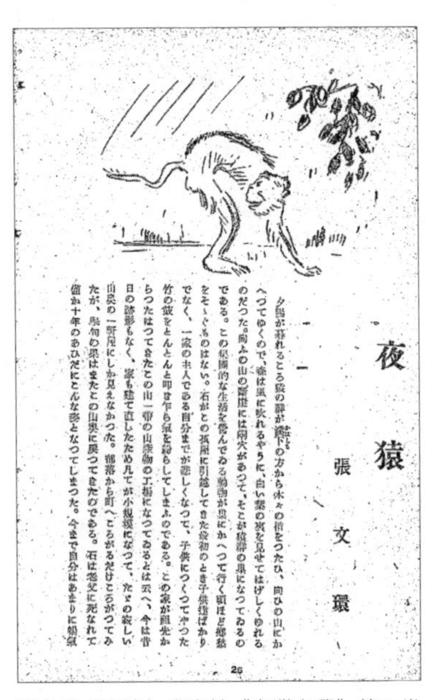

夜猿

張文環

夕陽が暮れるころ猿の群が溪下の方から木々の梢をつたひ、向ひの山にかへつてゆくので、森は風に吹かれるやうに、白い葉の裏を見せてはげしくゆれるのだつた。向ふの山の断崖には洞穴があつて、そこが猿群の巣になつてゐるのである。この原始的な生活を營んでゐる動物が巣にかへつて行く頃ほど郷愁をそゝるものはない。石がこの孤屋に引越してきた最初のとき子供達ばかりでなく、一家の主人である自分までが悲しくなつて、子供につくつてやつた竹の鼓をとんとんと叩き乍ら氣を紛らしてしまふのである。この家が祖先からつたはつてきたこの山一帯の山産物の工場になつてゐるとは云へ、今は昔日の跡形もなく、家も建て直したため凡てが小規模になつて、たゞの寂しい山奥の一軒屋にしか見えなかつた。部落から町へころがる丈けころがつてみたが、結句の果はまたこの山奥に戻つてきたのである。石は老父に死なれて僅か十年のあひだにこんな姿となつてしまつた。今まで自分はあまりに暢氣

26

張文環〈夜猿〉發表於《台灣文學》第二卷一號。

《台灣文學》：一九四一年五月，由張文環與王井泉等人共同創辦的文學雜誌。與當時西川滿主導的《文藝台灣》並列成為四〇年代兩大重要文藝雜誌。繼承台灣新文學運動的主脈，也就是寫實主義傳統路線，成員多為台灣本島人，但也有在台日人作家參與。張文環〈夜猿〉、〈閹雞〉，呂赫若〈財子壽〉、楊逵〈無醫村〉等作品均於此處發表。一九四三年十二月停刊，隔年與《文藝台灣》合併，成為台灣文學奉公會的機關雜誌《台灣文藝》。

吳坤煌：一九〇九～一九八九，南投人。筆名梧葉生，與翁鬧、吳天賞是台中師範學校同屆同學，畢業典禮當天因拒穿日式服裝而遭退學。之後留學日本，參與台灣藝術研究會的成立，並熱中於劇場，文學作品以新詩為主。

張文環 

一九〇九～一九七八，出生於嘉義梅山。一九二七年赴日本岡山中學就讀，再入東洋大學文學部。一九三二年因成立左翼組織遭逮捕，獲釋後與王白淵、巫永福等人再組「台灣藝術研究會」，發行純文學雜誌《福爾摩沙》，一九四一年創辦《台灣文學》。一九四二年，與龍瑛宗被指定為台灣代表，參加「大東亞文學者大會」。一九四三年，以〈夜猿〉獲第一回台灣文學賞。《張文環全集》，陳萬益主編，台中縣立文化中心，二〇〇六年。小說《閹雞》曾由劇作家林摶秋改編為舞台劇，一九四三年在台北「永樂座」首演。二〇〇八年台南人劇團再次改編，於國家戲劇院演出。

文獻索引

〈父之顏〉，一九三五年一月入選日本《中央公論》小說徵文選外佳作。後改名為〈父親的要求〉，一九三五年九月《台灣文藝》第二卷十號

〈規定的課題〉，一九三六年五月二十九日《台灣文藝》三卷六號

〈夜猿〉，一九四二年《台灣文學》第二卷一號

《地に這うもの》，一九七五年東京現代文化社出版，中文版《滾地郎》，一九九一年鴻儒堂出版

最近的距離

一九二四年，十九歲的楊逵，為了逃避與家裡安排的童養媳送作堆，連好不容易考上的台南州立二中也不念了，又是船又是火車，輾轉抵達了東京火車站。他是打算來這兒擴展思想領域的，迎面而來卻是關東大地震的廢墟。接下來的三年，楊逵在東京，除了半工半讀念日本大學藝術科夜間部，也因緣際會接上了日本左翼文學運動，讀書、勞動、運動交錯的生活經驗，釀成了日後的〈送報伕〉。

另一方面，小他六歲的龍瑛宗，這時先在島內念完了公學校，又上了兩年高等科，從《萬葉集》讀到當代文藝雜誌，先由日籍老師啟蒙，再向日本留學回來的同鄉前輩借書，幾本散文與詩，讀了又讀。

這兩個人後來的文學事業，以類似的方式發跡。一九三四年楊逵的〈送報伕〉入選東京文學雜誌的獎項，算是台灣人作家首次登進日本文壇，龍瑛宗在一九三七年跟進，以〈植有木瓜樹的小鎮〉正式獲獎，從島外紅回島內。

龍瑛宗為領獎請了一個月休假，到日本拜訪文壇並做一趟旅行，剛巧這時，楊逵二度來日，為即將停刊的《台灣新文學》雜誌尋求支援。兩人經由報社的撮合，在東京進行了一次短暫對談。話題從龍瑛宗的得獎作談起，龍自述小說裡他最喜歡的角色是林杏南的長子。

這是個抒情而熱情洋溢的青年，相信橫阻在眼前的黑暗時代不會太久，烏托邦樂園也值得奮鬥與期待，不過，彷彿肉體負載不了激情的火似的，他在小說登場之際就已患了嚴重的肺病，只能在家裡耽讀書籍，過著白日夢般的生活，終而淒涼死去。這個灰暗的死，警鐘似地把小說通篇四處搖擺而紛亂的心思，一舉送向了淪落絕望的境地。

楊逵和龍瑛宗，在戰前文學的陣營或光譜，向來被分置兩端，若以眾所周知的尾崎秀樹說法——台灣人的作家意識是一個由抵抗、灰心、終而屈從傾斜下去的歷程——來看，那麼，楊逵是明顯的抵抗，龍瑛宗則被視為屈從傾斜的例子。兩人會面之前，楊逵曾以筆名評論過〈植有木瓜樹的小鎮〉，對作者的視線抱持懷疑。東京對談，楊逵認可林杏南長子是個令人印象深刻的角色，其死也令人悲哀，但他補了幾句：「我認為像這樣的人，縱使死了，也會在什麼地方留下其精神。我想，所謂有希望的作品不會遺漏這種成分，即使在虛無的現實中，也要在什麼地方留下一些希望的種子。」

這裡透露了楊逵和龍瑛宗的不同。不過，這個會面紀錄，使我感到餘味的，並非兩人如何不同，而是兩個被劃分為不同的人在文學上仍有不少共識。楊逵天真樂觀，龍瑛宗擺脫不了絕望與哀憐，但在文學，他們都能理解林杏南長子那樣一個悲劇人物，也都正視技巧，龍瑛宗認為不應輕蔑技巧，楊逵進一步說明：「技巧是完全掌握了思想與題材之後，為了將它們表現得更完整清楚的重要手段。」

這是他們兩位第一次見面，恐怕也是距離最近的一次。話題不是沒有交集，而是在交集之上楊逵往往又多走幾步，堅持悲劇也該留下希望。嘆息過後，很快便提起他不熄滅的樂觀與即知即行來。

整個六月，龍瑛宗拋開職業與婚姻的苦悶，度過一個文學之夏，過去孤立於文學牆外的他，增了信心，打算振作勇氣向前行。楊逵四處接觸報紙雜誌，遊說他們開闢一些有關台灣新文學的欄目。這個夏天，兩個人都很努力，也得到了允諾。不過，當龍瑛宗乘船歸台，楊逵預定發表〈模範村〉，七月盧溝橋槍聲響起，一切又泡湯了。

田園小景

一九三〇年代的台灣，有一波「部落振興運動」在各地農村運作著。社會教化喬裝成現代文明的恩惠，由上而下降臨街庄部落，動員村民修築公路，街樹平整，街巷打掃，家家戶戶按照進度表行事，農具不可亂丟，環境不可髒汙，舉凡有礙觀瞻者一律要改。可算日治版的「新生活運動」。運動目標在於提高同化程度，振作國民精神，敬神道，尊天皇，大城小鎮官民合作，協心向國。

這個看似欣欣向榮的時代假面，刺激楊逵寫了〈模範村〉：一個部落如何致力於振興，終而通過檢查被評比為「模範村」的故事。楊逵要寫的當然不是整齊、清潔、進步的見證，而是指出「模範」內裡的實情：農民如何被動員而心力交疲，貧上加貧；地主商家現實勢利，人心敗壞；也穿插幾位良心（而缺乏現實武器只能淪落為高等遊民）的知識分子，來為生靈塗炭做一點反省與吶喊，鼓舞受虐者不放棄希望。

和楊逵最有名的小說〈送報伕〉合併來看，兩篇小說信念相似且前後承續，不過，〈模範村〉筆法比〈送報伕〉更多幾分圓熟。小說開場對村莊街景先拉遠再切近的寫法，頗有現代電影的氣味，接著，以村莊裡唯一一家雜貨鋪為舞台的人物秀，更讓人看得趣味盎然。楊逵在這裡一舉挑戰六、七個角色，透過前後動作或對白，多層次敘述故事背景，小人物舉止作態：饞、詭、憐、懼，寫得生動傳神，即便地主、媒婆負面角色，也有人情算計。楊逵在文學方面，長於刻畫人物，重視結構，善用象徵的本事，在這篇小說，有很精采的表現。

〈模範村〉初稿原題〈田園小景〉，發表於一九三六年，深獲好評，但因後半遭禁，各色人物後續如何不得而知。隔年，楊逵將〈田園小景〉改寫為〈模範村〉，預定全文刊登日本文藝雜誌，但因盧溝橋事變引發文化界大整肅，他的希望落空。〈模範村〉再次面世，已是戰後一九七三年。台灣迎來一波新的「中華文化復興運動」，楊逵在綠島監獄過了十年，妻子葉陶離開人世。〈田園小景〉裡的村子終於成了「模範村」，不過，各色人物無路可走，忍無可忍，終於起而抵抗。楊逵揭穿官方有禮無體，只顧表面模範，不顧內在情體，對「部落振興運動」做了酸溜批判。

私人閱讀上，我喜歡〈田園小景〉勝於〈模範村〉。〈田園小景〉副標：「摘自素描簿」，或許真由日常隨手記下的觀察為基底寫成，讀來流暢，明快，雖然有點小瑕疵，但把重點都勾勒到了。〈模範村〉增添不少文字，想把意見與控訴說得更清楚，這固然能使小說明確擊中要害，不過，也如〈送報伕〉所受批評，留了點不自然的餘緒。

楊逵身影。攝影：黃明川／圖片提供：國立臺灣文學館

文學醫生

醫生與文學這組概念，在台灣文學並不缺少，醫生作家或以醫生為角色的小說，戰前戰後都可舉出好些例子。最早一批現代教育培養出來的醫生，啟蒙救世色彩濃厚，自許要醫的不僅是身體，還有心靈，要關懷的不只是病眾，還得想想整個民族的將來，蔣渭水醫師開的處方是說準了：台灣人的病是知識的營養不良症。

要說醫生作家，首例當然是賴和，殖民後期兩位牙醫王昶雄、周金波也有討論，不過，這差了二十來歲的世代，不論是醫者本身的精神構造，或是他們透過醫療之眼所看到的台灣景觀，都有相當變異，這是後話，暫且按下。

至於以醫生為主角的小說，姑且不論把醫生寫得像醫生，而說把醫生寫得不像醫生的，可提一提楊逵的〈無醫村〉。這個不像有幾個原因，第一，這醫生窮，一天沒幾個病人上門，自家藥品存著用不掉不如讓給鄰居名醫，換點錢；第二，這醫生坐在診療室，沒病人看，就搖筆桿，想著自己怎樣給文學雜誌捐了錢，人家又怎樣感謝，稿子與錢簡直如強心針，讓奄奄一息的雜誌怎樣活過來了云云。

小說開始的深夜，醫生正在爬詩，忽聽門外有人敲門喊：「先生！先生！」他認定是找隔壁名醫而不可能是自己，無動於衷。誰知門外更清楚喊了他的名號，開門一看，一個宛如鬼魅的男人，提燈垂垂求助著他。

他很驚訝，很快生出使命感來：「無論如何非把他醫好不可。我感覺到，就我的生活而言，能否醫好這個病人，是我今後發展的一個關鍵。」他速速收拾器材出診，一根原本正吸著的菸竟忘了弄熄，便急急出門。

去到病處，他驚訝「完全是另外一種世界」，光鮮市街背後竟藏著「這麼骯髒的聚落」，半傾草屋內「和小說上描寫的洞窟一樣，黑沉沉、陰氣森森」，地上木板躺著的人，脈息已經很弱，這醫生什麼藥品器具都還沒來得及用上，病人便斷氣了。

他的希望落了空，病人不等醫生試試身手便辜負他而死去了。他能做的只是對那哭得傷心的老母親，說些自己也不相信的安慰話，醫生身分沒派上用場，倒像個和尚或牧師。他愈想愈心煩，環顧四下，明白是個無錢就醫，求助民間藥草，終而延誤不治的家庭，說是「病」，不如是「貧」，他覺悟，的確如世間所說，窮人只有需要（死亡）證明書的時候才會找醫生；人家請他來這裡，並非指望治療，而是讓他當個驗屍人罷了。

總說楊逵樂觀，有時我又覺得，正因他熱血樂觀，衝鋒上陣，反倒看盡了黑暗的實情。〈無醫村〉嘲諷、悲哀，又帶著憤怒，〈無醫村〉指的固然是請不起醫生的陋巷聚落，何嘗不是藥重難醫的故鄉。醫生不被期待於救人，真比無人求診還叫人絕望。這醫生回到自己的診療室，發現出診前消遣無聊隨手寫下的詩，已被沒弄熄的菸火給燒去了。

這根沒弄熄的菸，是這篇小說的神來之筆，既呈現醫療處境，也透露楊逵的文學意見。那些無聊消遣的，燒就燒吧。這趟可哀的出診，窘迫的現實，給了這位醫生新的感觸，他「把灰吹掉，拿了新的稿紙，以新的感觸寫著與平時不同的詩」。

對楊逵來說，文學，恐怕不該只是哭泣或悼亡，作家，也不甘於只是做一名驗屍人吧。

入田春彥

入田春彥是誰？如果台灣文學史沒有出現一個楊逵，入田春彥這個名字，大約如同許多殖民時期居住台灣的日本百姓一樣，在台灣歷史消失，也在日本歷史缺席吧。

入田春彥是個日本警察，一種自從賴和以來，在台灣小說裡經常被描寫成狐假虎威、令人又恨又畏的角色。不過，在楊逵的真實故事裡，入田春彥是難忘的恩人與朋友，這符合楊逵自〈送報伕〉以來的看法：階級問題往往大過民族問題，亦即日本人也有可愛，而台灣人之中亦有可憎的。

一九三七年對楊逵來說不好過，先是為《台灣新文學》赴日尋求支援，卻因戰事開打而前功盡棄，更糟的是返台之後為金錢苦惱，還開始咯血，被診斷為肺結核，陷入吃飯都成問題的貧困。入田春彥就出現於這個前不著村後不著店的時刻。

這位年輕警察，據說是讀了〈送報伕〉深有所感，特請報刊主編介紹認識楊逵，並慷慨解囊，幫助楊逵脫離危機。入田春彥後來跟楊逵一家發展出可以共進晚餐、共訪文友的親密友誼，楊逵當時六歲長子資崩也和這位日本人相處融洽。

可惜這情誼只維持了不到一年，一九三八年五月，入田戲劇性自殺，年僅二十九，身後事全託付給楊逵夫婦。自殺原因，普遍推測入田被舉報與楊逵往來、思想左傾，遭遣返回日，因此心生消沉而服毒自盡。

入田留下來一張拍攝於書房裡的照片，濃眉大眼，指間含菸，沒有笑容，身後重重疊疊的藝術、新聞書籍反映了他肅重的內心。許多資料指出他素好文學，楊逵往來文友吳新榮，對入田春彥留下的印象是：「明朗的性情，徹底的志氣」。從入田少數報端短文來看，似乎是一個充滿激情理想、但也因此被苦悶所攫的青年，他的警察身分與對左翼思想共鳴的內心，想必存有扞格吧。

入田遺書交代，把骨灰撒在楊家花園裡當肥料，但楊逵沒照著做，而是擺在家裡，直到戰後綠島服刑，才不得不改厝廟寺。這段文學軼事，友情的珍重無私，常被提起，不過，關於入田身世，別說讀者，就連楊逵家族也不得線索。楊逵去世前三年，訪美在東京轉機，接受記者訪問，還特別提起入田春彥，希望媒體協尋，讓入田魂有所歸。

這段流離往事，在二十世紀末，經由中研院學者張季琳的努力，終得明朗。原來，入田當年隻身來台，後雖有老父來台投奔，但在入田自殺前三年已病逝，可以說這個青年是孤獨地決意赴死，留在家鄉的姊妹也由此斷了音訊。當六十年後，張季琳拿著上述那張書房照片，前往宮崎拜訪確認，妹妹一見影中人就哭出來，說哥哥身上那件和服正是當年渡台時大姊為他親手縫製的。

這是一段很短的情誼，卻延續很久時間，才有了安頓的完結篇。

為理想與苦悶殉死的故事總也不終止。在楊逵的回憶裡，入田春彥有著強健的體魄，「說決鬥、談打仗的這個熱情的人」，卻化成骨灰塞在木箱裡。入田留給葉陶的遺書，把自己的赴死比喻為一個懷抱爆彈的戰鬥，「在這樣的時代，有這樣的戰鬥也是好的。」他說：「讓資崩小弟為我唱〈勝利歸來〉的歌吧。資崩以後到了我這樣的年紀時，這世界不知道將變成什麼樣子。」

資崩以後，父親被捕，失學與貧窮，他去綠島探望，楊逵形容他是「憂頭苦臉」，擔心他神經衰弱。資崩以後，到了入田春彥之死的二十九歲，父親總算從綠島回來，開始墾拓東海花園。

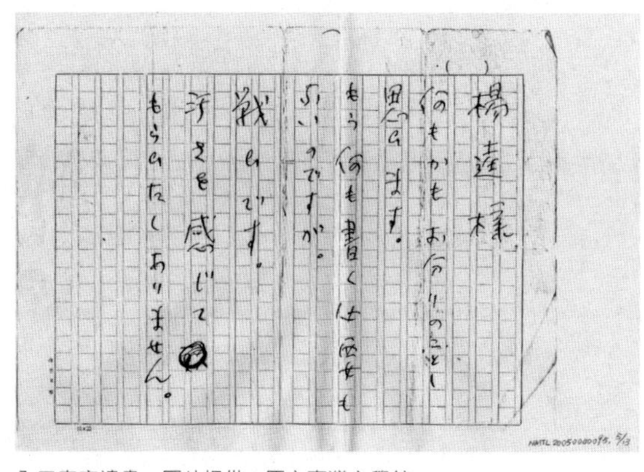
楊逵様
何もかもお分りのことと
思います。
もう何も書く必要も
ないのですが。
戦いです。
汚さを感じて
もらいたくありません。

入田春彦遺書。圖片提供：國立臺灣文學館

尾崎秀樹：一九二八～一九九九，生於台北，評論家，以殖民地文學、中國文學和大眾文學為研究對象，日治時期撰寫多篇台灣作家與作品評論，如楊逵、龍瑛宗、張文環、呂赫若、吳濁流等。一九六一年十二月至隔年四月發表〈決戰下的台灣文學〉系列作，成為戰後日本學界研究台灣文學第一人，也對葉石濤的台灣文學史書寫產生影響，台灣譯有《舊殖民地文學的研究》（台北：人間，二〇〇四）。

王昶雄：一九一六～二〇〇〇，本名王榮生，生於淡水。創作小說、詩、評論、散文、隨筆、台語歌詞，惟小說創作集中在戰前。一九三五年考取日本大學文學系，兩年後重考進牙醫系，後返台開設牙醫診所。一九四三年於《台灣文學》發表小說〈奔流〉聲名大噪，戰後一度淡出文壇，一九五六年接受呂泉生邀請撰寫台語歌詞〈阮若打開心內的門窗〉，開始歌詞創作，一九七三年集結戰前作家成立「益壯會」，八〇年後文學活動趨於熱絡，晚年擔任《北台灣文學》主編。《王昶雄全集》十一冊，許俊雅主編，新北市政府文化局，二〇〇四年。

楊逵

一九〇六～一九八五，台南新化人。原名楊貴，因家貧體弱，十歲才入新化公學校讀書。高三時為反抗父命婚配赴日求學，開始接觸勞工運動，一九二七年輟學返台，因起草農民運動宣言遭逮捕，此後一生投身社運，日治時期入獄十次，戰後又數度觸怒當局，坐牢十二年，卻始終不曾向威權屈服，如「壓不扁的玫瑰」。一九三四年以小說〈送報伕〉入選東京「文學評論」第二獎（首獎從缺），奠定文壇地位。隔年與妻子葉陶創辦《台灣新文學》雜誌，戰後亦致力文學與社會實踐，被迫綠島服刑亦不曾中斷。《楊逵全集》，彭小妍主編，國立臺灣文學館，一九九八年。

《台灣新文學》：楊逵於一九三六年十二月二十八日創辦的文學雜誌，共發行十五期，其中一期遭禁止發行，與《台灣文藝》並列為一九三〇年代最重要的文學雜誌。楊逵原擔任台灣文藝聯盟機關雜誌《台灣文藝》的日文編輯，由於文學路線出現差異，遂於一九三五年十一月創辦台灣新文學社，隔月發行偏向普羅文學的《台灣新文學》。一九三六年八月《台灣文藝》停刊，剩《台灣新文學》繼續維持漢文寫作空間，惜於隔年六月仍因廢除漢文政策而告終。

知識的營養不良症：出於蔣渭水〈臨床講義〉，刊於台灣文化協會《會報》第一期（一九二一年十一月發刊），原為台灣文化協會成立時的講稿。具有醫生身分的蔣渭水，在文中將台灣比喻成患者，診斷其為世界文化的低能兒，原因為知識的營養不良症，並開出多種教育處方。

楊逵花園：一九三七年貧病交迫、理想受挫的楊逵，接受好友入田春彥的資助開闢「首陽農園」，實踐耕讀生活，一九四四年一度因大東亞戰爭停辦，戰後改名「一陽農場」重新出發，一九四八年楊逵因起草「和平宣言」入獄。待一九六二年出獄後，於台中大肚山郊區購地經營東海花園，為其安身立命之所，也成為當時文學與學術的交流場域。楊逵生前有意將其改建成文化園區，然一九八五年楊逵逝世後，東海花園被規劃成殯葬用地，目前僅留存楊逵夫婦墓地。

周金波：一九二〇～一九九六，生於基隆，日本大學牙醫系畢業。一九四一年三月以處女作〈水癌〉開啟文學生涯，九月發表〈志願兵〉獲得第一屆「文藝台灣賞」，也因該作被評為皇民文學作家。戰後初期因參與五四紀念運動的遊行被捕，二二八事件時三度入獄，弟弟楊國仁遭到槍殺，其後少有文學活動，多以戲劇、電影為主。

部落振興運動：日治時期台灣所實施社會教育方針之一，以農村為主要教化對象，屬一九三一年日本內地「農村經濟更生運動」的一環。日語的「部落」類似今日村、里的概念，是以部落振興會為單位，推行教育、文化、產業、衛生、保安等生活改善事務。一九二〇年代原本由民間自主成立的「同風會」，到了三〇年代的部落振興會，已納入行政系統的基層組織，並配合警察系統的保甲制度，讓教化運動得以深入每一個居民。

文獻索引

〈送報伕〉，原題〈新聞配達夫〉，一九三二年五月十九日起連載於《台灣新民報》，但後半部遭禁；一九三四年入選東京「文學評論」第二獎

〈模範村〉，原題〈田園小景〉，發表於一九三六年《台灣新文學》十卷五號，但後半部遭禁。一九七三年重刊於《文季》二期

〈無醫村〉，一九四二年二月《台灣文學》二卷一號

楊逵、龍瑛宗，〈台湾文学を語る〈パパイヤのある街〉その他〉（談台灣文學──「植有木瓜樹的小鎮」及其他），一九三七年七月十日《日本學藝新聞》第三十五號

範的商品と工具
新聞配達夫
(一)
楊逵
兒童之
運動會
一等賞？
能腎汗出
並治腐爛
消汗清膚劑
アセノコ
笹岡三省堂

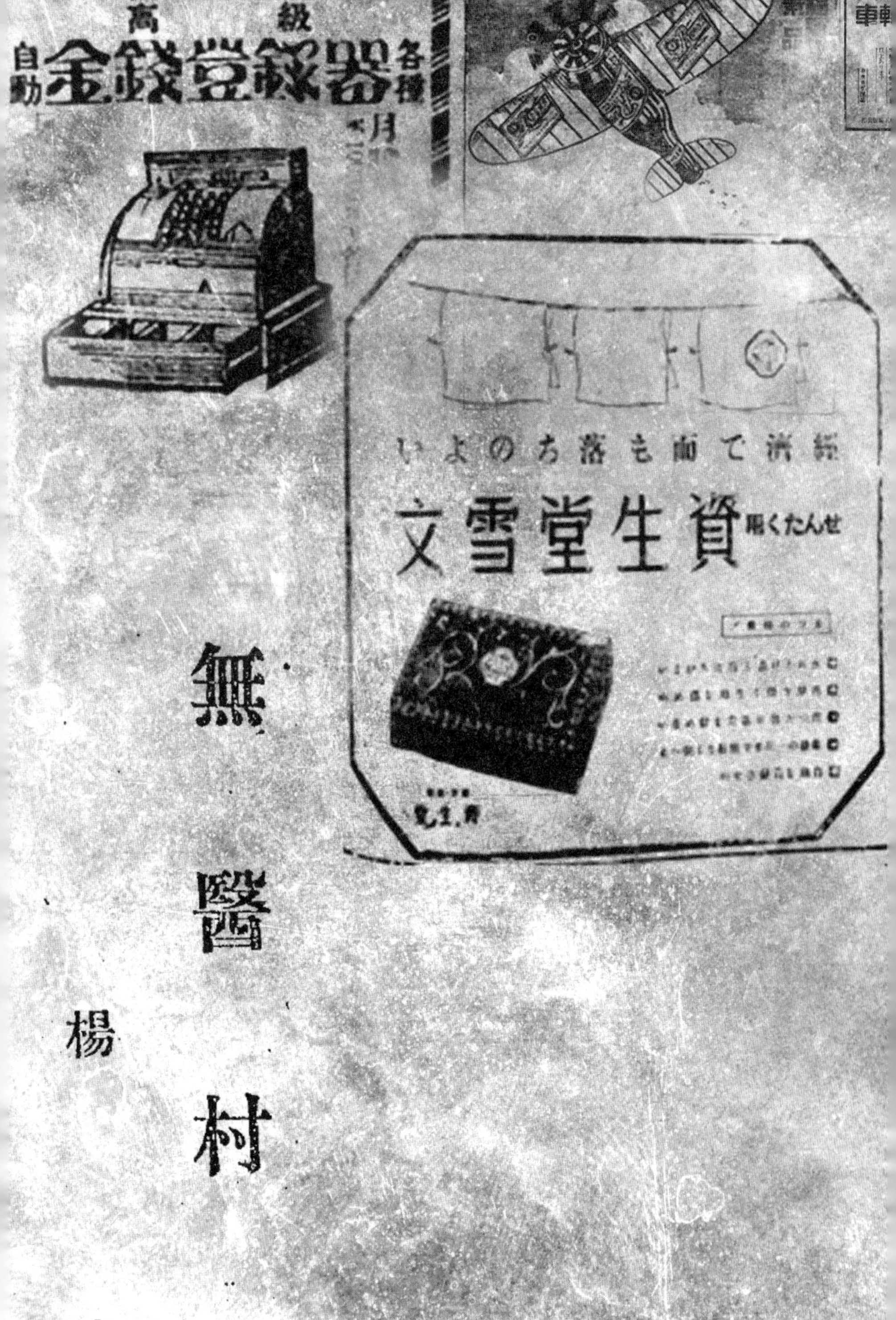

無醫村

楊逵

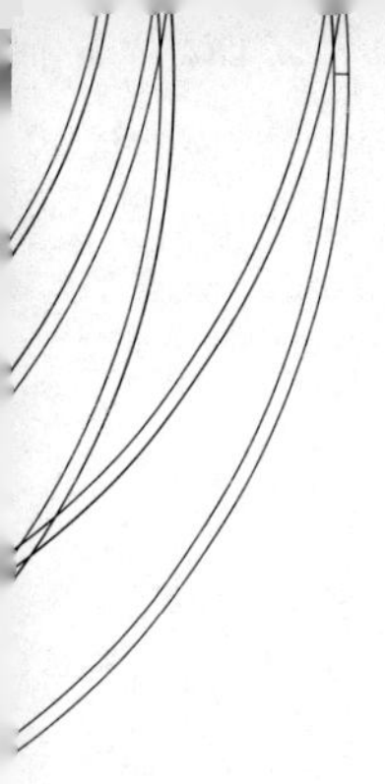

劉吶鷗　龍瑛宗

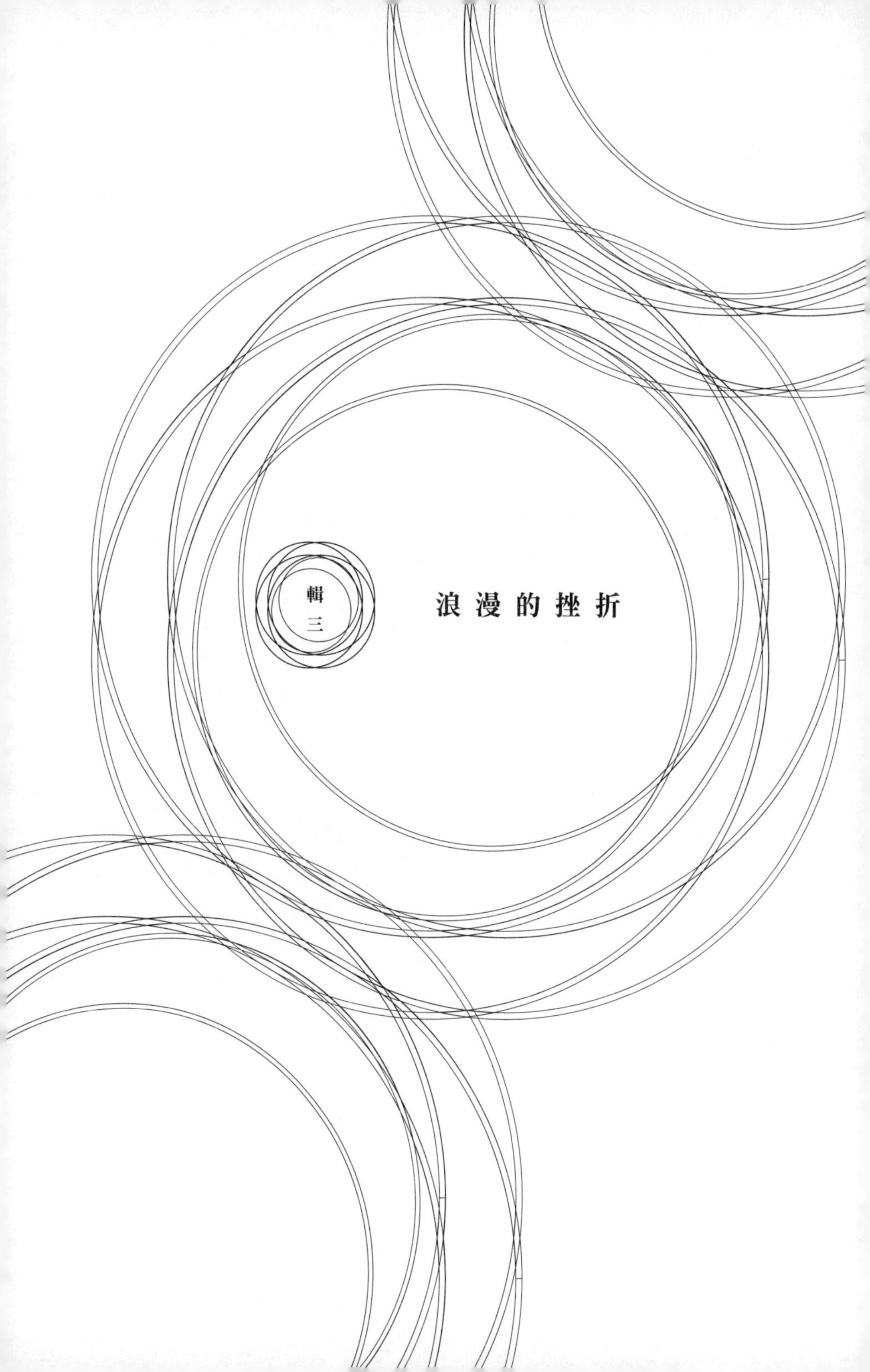

輯三

浪漫的挫折

三分之一

張我軍的詩集《亂都之戀》，將自己形容為一個T島的青年，二〇年代初，從台灣到廈門，然後輾轉到了十丈風塵的京華，與心愛的戀人結合，專長日文翻譯與教學，成了北京文藝圈的重要人物。

差不多同一時間，另有一個T島青年，先去了東京，接下來，他想去的地方是法國，不過，距離實在太遠，母親堅決反對，他改去了上海。

在上海，有人猜測他是日本人，因為他日語講得滑溜，舞廳裡的日本舞女甚至稱讚他一口漂亮東京腔，但若街上遇到日本人用中文跟他問路，他也就用中文回答。

就籍貫資料來說，這個人本名劉燦波，出生台南柳營，在新營長大，到台南念教會學校，然後赴日就讀青山學院，近親劉啟祥也在這兒。畢業後，劉燦波去上海念法語學校，開始以吶鷗做筆名寫文章，倒是劉啟祥留在東京繼續學畫，日後代替劉吶鷗，成了最早一代去巴黎追夢的藝術家。

從照片看，劉吶鷗穿戴講究，頗有公子哥兒作派。來往朋友有中國人，台灣親友也多，日本人亦不缺。他唯一留下來的一九二七年日記，中、日、台語混雜。偶爾不免有些小錯。多數時候他不太談自己的事情，舉凡從哪裡來？生年日月？即便極為熟識的友人也不常提。朋友間對他的印象是：三分之一是上海人，三分之一是日本人，三分之一是台灣人。

這個比例說法亦適用於大多數當時在日本、中國、台灣三地漂流移動的T島青年。他們彼此若有什麼不同，通常源於他們凸顯表現了哪個三分之一切面，或是由哪個三分之一切面將他們帶進了歷史的劇場。

劉吶鷗的獨特，在於他三分之一上海切面的精采。他辦雜誌，搞電影，追逐未竟的法國夢，上海租界成就了他，他的中文作品《都市風景線》也回報上海以諸多活色生香的感覺。他被認為是把新感覺派從東京帶到上海來的推手，和他相熟的施蟄存、穆時英等人，日後被標示為中國現代派的主要人物，直到今天，劉吶鷗這個名字在上海文化史所占的篇幅，恐怕還勝過於在台灣文學史。

對比張我軍在北京的文化活動，或是其他在中國各地求學、經商或搞政治的T島青年，劉吶鷗是一個異數，不感時，不憂國，無論哪個三分之一，現實的國籍與認同對他而言似乎不構成太多意義，他內心更多指向「生活在他方」，「他方」是遙遠的法國，也可能是更南方的熱帶、夢之國的電影世界、建築在上海都市文明頂端的一個情欲烏托邦。

可惜，這些都沒有實現。一九四〇年他的生命走到終點，年僅三十六，原因不明，普遍揣測他與汪精衛政權靠攏，或被懷疑為日本間諜而遭到暗殺。劉吶鷗的三種成分，演變成既是日本皇民，又做了漢奸，結果死在上海。夾縫中的台灣人，張我軍、劉吶鷗、吳濁流，生涯發展各有不同，卻同樣要受三分之一的捉弄，無怪乎發出了亞細亞孤兒的嘆息。

浪漫的生活

劉吶鷗短暫一生，和他相熟的好友，施蟄存、戴望舒，很巧合，都是一九〇五年出生，並於一九二六年進了同一間大學的法語課程當同學。

課程結束後，劉吶鷗回台南給祖母奔喪，又去一趟東京，然後，像是下了什麼決心似地，又回到上海來，在日租界租了三層小洋樓，趁著家眷還未來滬的空檔，找來戴望舒一起住下，隨後，施蟄存、穆時英等人也跟著一起來了。

在施蟄存後來的回憶裡，這棟小洋樓是他們的文學工場。劉吶鷗從日本帶來不少文化新貨，尤其是當時日本正發展到高峰，強調主觀，觸探事物內部的新感覺派。他們年輕，聰敏，很接受新潮派，三五好友湊合著開書店搞出版，劉吶鷗做老闆兼會計，施和戴則做編輯兼發行。

他們每天上午在屋裡看書、譯書，小洋樓的家務就交給女傭，午睡後去游泳，再到日本人開的店裡飲冰水，晚飯過後去看電影，然後上舞場玩到半夜。施蟄存說：「這就是我們當時一天的生活，是我一生最浪漫的生活。」

這是親密的友誼，也是這間文學工場的興旺時期。劉吶鷗供養了連他自己在內一批文藝青年的夢想，他們各自青春無敵的作品：戴望舒的成名詩〈雨巷〉，劉吶鷗的《都市風景線》，都在這段期間寫下。

那也是各界都對文化醉心、樂觀的時代。劉吶鷗活躍上海，認識不少中國文人，小洋樓裡的同伴還沒有太多關於左與右的爭論，丁玲與沈從文也還沒有鬧翻（此時丁玲、胡也頻、沈從文在不遠處的法租界興致勃勃搞著文藝雜誌《紅黑》），胡也頻甚至交了一本書由劉吶鷗出版。

他們或許不知道，他們文學上模仿、追隨的偶像橫光利一，在這一年的春天，聽了芥川龍之介的建議，也來到了上海。不過，橫光的上海印象，卻不同於劉吶鷗與朋友的優游，而是汙穢、猥雜、虛榮，「一切都在銀子上流動」，各國勢力雜沓，位階落差，讓他感到衝擊，促成了長篇小說《上海》的初稿。

後來的時代變得很快，九一八事變之後，上海開始抗日，劉吶鷗遷入法租界，戴望舒去了法國，施蟄存結了婚，開始在上海文壇嶄露頭角。

小洋樓裡的朋友，各有各的路要奔赴。劉吶鷗興趣轉向電影，甚至出資籌組電影

① 劉吶鷗的麻將牌。圖片提供：國立臺灣文學館

② 劉吶鷗與其私人座車，一九三〇年代末攝於上海。圖片授權：林建享

公司。這個人合併錢與才的優勢，似乎不受台灣人身分所限，走在文化事業前端。東亞戰事開打，劉吶鷗無視風險，繼穆時英之後，接下汪精衛政權的新聞社長職位，沒幾個月，竟如穆時英一樣被刺殺了。

彷彿一場華麗的化裝舞會，忽地作鳥獸散。小洋樓幾位好友，竟都早早地死了，活得最久的施蟄存說：「我常常想起當年文學工場裡四個青年的親密情誼，現在只剩我一個人，再也沒有同樣親密的朋友，真感到非常寂寞。」

劉吶鷗的母親從台灣趕來上海處理後事，妻子花費不少時間處理劉吶鷗投資的房地產，之後，家眷全部遷回新營大宅，子女親戚繼續在政治縫隙裡求發展，當年遠赴巴黎的劉啟祥，建立了自己的畫風，至於風姿闊綽的劉吶鷗，到底在上海出了什麼事，家族裡沒有人清楚，也不願再多提起。

新感覺派：一九二〇年代由日本興起、並影響上海的文學流派，強調文學形式和技巧的革新。小說主角多流連在摩天大樓、舞廳、咖啡廳、電影院、跑馬場、百貨公司等都市空間，運用各種都市符號和象徵，並透過描寫視覺、聽覺、嗅覺、觸覺等感官的直觀感受，凸顯人們身在其中的頹廢與虛無；由於感覺邏輯重於理性邏輯的特性，大量的心理描寫也是新感覺派的主要特徵。日本新感覺派的重要作家有川端康成、橫光利一，上海新感覺派有劉吶鷗、穆時英、施蟄存等人，台灣被認為受新感覺派影響的作家則是巫永福和翁鬧。

劉吶鷗

一九〇五～一九四〇，本名劉燦波，生於台南柳營，一生流轉在台灣、東京、上海三地，主要據點在上海。一九三二年以前致力於文學，引介日本、法國新感覺派作品與理論，並出版唯一一本創作集《都市風景線》，成為上海新感覺派的先驅。一九三二年後重心轉向電影，譯介蘇聯和歐洲的電影理論，擔任多部電影編劇、導演、製片，自製實驗紀錄電影《持攝影機的男人》。三十五歲那年在上海遭暗殺身亡。《劉吶鷗全集》，康來新、許秦蓁主編，台南縣文化局，二〇〇一年。

張我軍：一九〇二～一九五五，台北板橋人。板橋公學校畢業後，輾轉向前清秀才學習漢詩，一九二一年前往廈門同文書院就讀，接觸白話文文學。一九二七年以自學資歷轉入北京師範大學國學系；被推為「北京台灣青年會」主席。龍瑛宗稱其為「高舉五四火把回台的先覺者」。一九二四年他在《台灣民報》發表的〈致台灣青年的一封信〉與〈糟糕的台灣文學界〉，引發台灣日治時期新舊文學論戰。

文獻索引：

《都市風景線》為劉吶鷗唯一一本小說集，一九三〇年四月出版，收錄八篇小說：〈遊戲〉、〈風景〉、〈流〉、〈熱情之骨〉、〈兩個時間的不感症者〉、〈禮儀和衛生〉、〈殘留〉和〈方程式〉

劉啟祥：一九一〇～一九九八，台南柳營人，畢業於東京文化學院美術部，一九三二年與楊三郎同船赴歐洲習畫，作品〈紅衣〉入選一九三三年巴黎秋季沙龍，一九三七年於東京舉辦個展，獲高度肯定。二戰後返台定居，致力於南台灣美術教育。

・光明影業公司製作・
近日大世界館封切
主演 袁美雲
椿姫
茶花女（原名）
―支那の椿姫―
馬莉莉
杜亞蒙
一月一日(土曜)

風景線

新文藝日記

一月二日（日曜）

·東寶映畫提供·

演出……李萍倩
撮影……姚士泉
プロデューサー……李祖萊

—配役—

馬莉莉……袁美雲
杜亞蒙……劉瓊
杜父……王次龍

熱帶果樹

夏日炎炎，熱帶島國，惟五顏六色甜蜜果實以解暑。荔枝、龍眼、鳳梨、芒果、木瓜、蓮霧都屬台灣特有物種，閱讀日治時期台灣小說，經常也可聞見這些水果香氣，或做景致，或寓他意，台灣作家對這些果物的取材，除了偏愛或細膩，幾乎讓人懷疑另有居心。

或可從異國情趣來理解。清朝李鴻章將台灣形容為「鳥不語，花不香，男無情，女無義」，想藉以打消日本人侵占之心，但在日本的殖民帝國實驗室裡，台灣可是第一個綿延至熱帶的新領土，注定得以生態新奇與民俗殊異來取勝。諸多關於台灣的文獻軼聞，島上的自然生態、人們洗不洗澡或食不食內臟料理之類的生活行事，若非被描繪得十分離奇可笑，就是以一作百的刻板印象。

我們的作家，固然不可能滿足於這類說故事的方法，不過，浪漫營造異國情調，實在也是個前進中央文壇的便利方法。故鄉，到底該怎麼寫呢？是要描實還是裝飾？

右偏一點，是仿了外地文學的腔勢，左傾些，則隨時可能拉政治警報，文字若非被刪就是塗黑，真個是差之毫釐，失之千里，動輒得咎。於是有些台灣寫手挪用熱帶的風光水影、鄉野傳奇，找到一個巧妙折衷，這其中當然存有故鄉情思之抒懷，但某程度來說，何嘗不是打入殖民母國文壇的獨門招式，特別是三〇年代日本中央文壇逐漸面臨瓶頸的時候，來自殖民地的風土情趣，成了一個新鮮的出口。

因此，那些小說，讀起來，往往特意展示著一種南國風情：故事頻繁上演於傳統宅院，各式各樣熱帶植物的芳香與樹影被提點出來，陪伴小說人物記憶幸福或無言地在困境中徘徊。這種借物造情的技巧，以龍瑛宗最為周知，他亦不避諱直接使用植物來題名，如〈植有木瓜樹的小鎮〉、〈有蓮霧的庭院〉；木瓜樹累累結實，暗喻了（物質拖垮精神的）生活的艱難；而蓮霧樹下的大石頭上，生於台灣的日本少年藤崎，正以口琴吹奏著遙遠的〈荒城之月〉。

混雜的人，混雜的生活，各式各樣接枝混生的植物果實，物換星移。戰後傳唱歌謠〈美麗島〉裡的植物意象，原出詩人陳秀喜：「稻草，榕樹，香蕉，玉蘭花」，解嚴後呂赫若次子呂芳雄追憶父親，提到了家中荔枝園。

呂赫若老家在潭子，據說台灣引入黑葉荔枝，最早就是在那兒。不過，一九四九年，他變賣了潭子家產，北上開設印刷廠，不久，即涉入《光明報》事件。呂赫若開始逃亡，留給妻子最後幾句話：「如果人家問妳，就說（我）到日本去了。」

如果他是真到日本去了，那也很好。可惜無人知曉。呂赫若就此失蹤。留在豐原娘家的妻小，開始草木驚惶的生活。妻子把丈夫的藏書與手稿，一疊一疊整理綑綁起來，兩個十來歲的兒子，於「家中前面的荔枝園，挖了坑，把父親所留下來的手稿及書籍全部埋掉。埋好之後，還在上面潑了幾桶水。父親的手稿，寫好尚未發表的〈星星〉以及收藏的書籍，從此化作一堆塵土。」

讀到這裡，環繞著美人形象、被形容為翠玉般晶瑩剔透、甜美的荔枝，忽然，起了點苦澀的滋味。

杜南遠

有些小說人物的名字，比小說題目還叫人難忘。張愛玲的曹七巧明顯勝過〈金鎖記〉，黃凡直接以賴索做篇名也很成功。人物名字不一定雅致，有時特意普通，浮世眾生任何一人。有時顯得獨特，對稱於故事，只能是這樣，不能以他者代。有些作品以代號命名，這個做法可能有玄機，但多數沒特別意思，純粹不想受漢字形意干擾。另有一種情況也有意思，一個名字反覆套用於不同故事，不同角色。用過這種命名法的作家還不少，現當代華文有亞茲別之於七等生，葉細細之於黃碧雲。戰前台灣文學，有個作家也喜歡這樣做，他是龍瑛宗，他的人物叫杜南遠。

龍瑛宗是個對文字很敏感的人，本名劉榮宗，以日語讀起來，發音恰恰就如龍瑛宗一模一樣，後者顯然是他精心選擇的字形。他的作品，自從一九四一年的〈白色山脈〉，把一位隻身前往花蓮的青年男子命名為杜南遠之後，這個名字就始終在龍瑛宗的想像世界裡占著一席之地。杜南遠不多話，耽於幻想，喜歡望海沉思，和偶然遇見的人在旅館裡喝著小小的酒，聽人說一些斷簡殘編的故事。

描繪杜南遠的龍瑛宗，這時確實因工作調職花蓮，銀行派給他的宿舍就在美崙，眼前洶湧大海，身後山勢險峻，周邊陌生的原住民部落風情，雨聲淅淅的黑色曠野，這些元素都刺激龍瑛宗本就靈敏而寂寞的幻想，他把那些幻想全都寫給杜南遠，〈龍舌蘭和月亮〉、〈崖上的男人〉、〈海邊的旅館〉（這些篇章名怎麼看都有點奇麗荒遠的氣息）訴說他人的遭遇，思索自己何去何從，是作者私我投射，所有夢之獸的聚合。

這位杜南遠，後來隨著作家廢筆，消失了蹤影，不過，八〇年代，龍瑛宗重新提筆，幾篇自傳性作品〈斷雲〉、〈夜流〉、〈勁風與野草〉，又見杜南遠登場。這時，他已不僅是花蓮海邊的青年男子，而是往前往後都重疊了作者龍瑛宗的人生，一九一〇年代在北埔山村夢遊的是他，一九三〇年代搭著糖廠五分車到南投的是他，一九四〇年代活動台北文藝圈的是他，終戰四處躲空襲的也是他，龍瑛宗明白說：「他就是我。」

將涉及私我的人物，以虛構命名隔開，然後可虛可實地來大寫這個人物，是一種隱藏的方便，也可能演變成為一種美感的偏執。杜南遠可能透露龍瑛宗活過的經驗，但也可能只是龍瑛宗的碎片。作者重複寫下那個名字，宛如在掌心吹一口氣，幻化出千百個分身，他們不是同一個，又切斷不了根源上的聯繫；有點像，又有點不像；好似連環衍生，有時又互相矛盾、自我揭穿。與其篤信杜南遠就是龍瑛宗，將文學字句當史料應用，或駁斥杜南遠是虛構人物，不具參考性，都不如以畫家自畫像來比擬較為合適：狂想或寫實都是同一人，我們駐足其前，受吸引的是時間與心境帶來的筆觸變化，以及那雙經常不變的眼神。

鎮上的齒科醫院，空了個缺，從台中聘來的日本人牙醫，是個女性。因為在住處上需要點照應，經營者跑來和醫院技工一起租居的台灣青年杜南遠商量，是否可以把他的房間讓給女牙醫。

杜南遠很乾脆的答應了。

這是龍瑛宗自傳味濃厚的小說〈斷雲〉裡的一點情節。女牙醫安頓好之後，禮貌周到的來致謝。杜南遠很緊張，生平至今還未曾受女人來訪呢，胸口撲通撲通地跳。她說小鎮似乎有點無聊。是啊，我也這樣覺得。他答道。女牙醫的名字是晴子，兩人客客氣氣說著話，直到晴子發現書架上有一本林芙美子的《放浪記》，很高興說：借給我看好嗎？

突如其來，《放浪記》的登場，改變了文章的情調。沒想到，總難理直氣壯，明確表意，哪兒也逃不成的龍瑛宗，讀書單裡會跳出一本熱騰騰的《放浪記》。

林芙美子，昭和前期女作家，一個為了追求戀人浪遊他鄉的女子。《放浪記》是她最暢銷的書，寫著十八歲到二十三歲的生活日記：我是宿命的流浪人，我沒有故鄉。死亡才是我們這種女人最好的婚姻。

一堆生命燃燒過後的灰燼，即便灰燼也還是燙手的。每個時代，總有幾本帶著情欲衝鋒陷陣的赤裸紀錄，好讓我們無可宣泄的熱情，有點投射的出口。

暢銷得很呢。女牙醫彷彿沙漠發現綠洲那般高興：借給我看好嗎？

這本書促成了兩人的往來。被上司形容為書呆子的杜南遠，難得有了可以談文論藝的女性朋友，有時候，晴子做了飯，招待杜南遠去吃，降霜的冬夜，兩人共蓋一套被褥，晴子的腳輕輕挨近來，碰了碰杜南遠的腳。

按捺不住的青春情熱，原該好好放浪一場，可現實上，杜南遠與晴子的戀愛，除了談文論藝，很難打開什麼進展。

殖民地的愛情，從開始就被血統問題拖住了腳步。「我實在是很愛她，可是被民族意識抑制著，不能更進一步」，這是張深切自傳《里程碑》，回憶二〇年代的苦戀，憤恨而自暴自棄：「現實是無可否認的，一等國和劣等國，優秀民族和野蠻民族之間，還存在著一條廣闊的溝渠」。

杜南遠與晴子的戀愛來到三〇年代，現實仍遭晴子父母大加反對：「我們讓妳讀到醫學院，竟嫁個清國奴，不但鬧成大笑話，而且是日本人的奇辱」；杜南遠也遭職場主管告誡：一個台灣人和一個日本女人，是不會有好結果的，這會擾亂鎮上良好風俗，斷絕交往吧。

異族戀情的憧憬與幻滅。既抵抗，又眷戀異族戀人的柔美，想臣服，卻也不見得被接受。內地延長，同化政策，皇民化運動，這一路並沒有消去人心壁壘，而是愈來愈築起高牆圍住被統治的人心。戀愛是切身想突破這座高牆的躁動，不知多少墜入情網的台灣青年心裡不能安靜。《亞細亞的孤兒》裡的鶴子少女，星期假日的練琴聲使晏起的胡太明聽著聽著，感到無端幸福。這些大抵發生於寄宿生涯的純潔初戀，或可借用翁鬧小說標題：〈天亮之前的戀愛故事〉，終夜真情，只能是天亮前的私密告白。

張深切後來積極投入左翼浪潮，在多變的東亞政治裡成為孤獨難辨的角色，摯友評論他終生就是「反骨」二字。杜南遠惆悵地結束了戀情，然而，他後來的作品始終有晴子的身影，直到戰後也還懷著見上一面的希望。至於胡太明，「雖然沒和鶴子說過什麼求愛的話，但那滿山殷紅似火的紅葉，和佇立在紅光反映中的美人倩影，卻已在太明的心幕上，留下一個不可泯滅的印象。」

環島旅行

一九三九年，新曆元旦假期，早上七點鐘，三個新的時間制度，小說家龍瑛宗抵達台南火車站——三年前，這兒剛翻修完工，嶄新的鋼筋水泥建築，還設有鐵路旅館，寬闊的車站門面正中央，鑲著一個展示現代時間的白色圓形時鐘。

前一晚，十點半，龍瑛宗與黃得時從台北出發，車廂擠滿人。雖然不是農曆過年，但年輕世代利用新曆假期，訪友旅行，倒是漸成風氣，他們二人，一在銀行，一在報社，都是遵循殖民體制新作息的上班族，也是正在文藝界冒出頭的年輕人，相約來趟環島旅行。

旅行，移動的自由，在不久之前的二十世紀初，還是不容易實現的夢想，不幾年，交通幹線串起了地理空間，野蠻荒僻之地被征服，三〇年代的台灣，旅遊風氣開始盛行，文人雅士不時行旅海內外，並有撰寫遊記習慣。

龍瑛宗的環島之旅，從台南起步，但他不會料到，日後他將重返此地，為自己的文藝生涯做最後一搏。他們乘人力車，穿過朱紅的鳳凰木，登上赤崁樓文昌閣，成為昭和十四年最早的觀光客，從二層樓高度，望盡了當時的台南城。

接著，他們去開山神社，去五妃廟，去安平熱蘭遮，從鄭成功，回溯晚明，然後發現荷蘭時期的殘影。或許聯想佐藤春夫的〈女誡扇綺譚〉，龍瑛宗對安平墓地分外有感覺。

乘快車去高雄，草草看過西子灣，趕在天暗前往屏東，感受沿途熱帶風情。火車到潮州告一段落，改換巴士，三個小時到達恆春，這個現代運輸工具，的確如呂赫若小說〈牛車〉所寫，快速超車，準備與鐵路分庭抗禮。他們去看琉球蕃民墓，石門古戰蹟，對明治時期的牡丹社事件，知之甚詳。

夜宿四重溪溫泉，第二天繼續搭乘巴士繞過島嶼南端，往東邊去。沿途墾丁試養印度牛、菲律賓馬等熱帶牲畜，每年一月到四月，以鵝鑾鼻為中心，進行捕鯨工作。進入台東廳，海岸的熱帶林相、特殊物產吸引他的目光，還有所謂蕃人風情，這時他與黃得時成了中心來的人，手中照相機引起蕃童的好奇與騷動，似乎與幾年後呂赫若〈玉蘭花〉開場的情景相去不遠。

北邊花蓮，給龍瑛宗的感覺是充滿內地人氣氛，就連晚上的咖啡酒家，也有來自內地的女侍。他還提到米崙（美崙）港的建設，未來這兒將成為二十萬人口的理想都市。當他這樣寫的時候，或許還沒想到，兩年後，被派到台灣銀行美崙分行當小兵的，正是他自己。

他們當然也去了太魯閣，走剛開通的蘇花臨海道，當巴士鑽過奇險隧道，天然的鬼斧神工，帝國建設的無遠弗屆，想必讓他們大開眼界。到蘇澳換乘火車，天氣轉冷，宜蘭濕濕潤潤，彎彎繞繞來到礦城金瓜石、九份、瑞芳，據說幾年前台灣博覽會那個令人嘖嘖稱奇，三十立方公分的大金塊就是從這兒開採，然後經過八堵，窗外下著雨的風景漸漸熟悉起來，他們回到了台北。

這趟經驗，龍瑛宗很快寫成〈台灣一周旅行〉，關注各地物產、族群、都市計畫，篇幅不長，卻企圖連結台灣一圈，連海外的紅頭嶼（蘭嶼）都點到。這個費時七天的台灣環島旅行，論速度，論範圍，論視線，都與十五年前張深切從台中至屏東的徒步旅行，天差地別。

這個改變，與交通聯運網的形成，也與當時旅遊手冊普及有關。旅行者憑著《台灣鐵道紀要》、《台灣鐵道旅行案內》等書，把台灣繞一圈並非難事，加上各地旅遊指南，這裡七景，那裡八景，台灣全景被串連成形。這是一波透過旅遊來訂做想像共同體的作為，在三〇年代與台灣博覽會合同操作，達到了高點。

一九三六年，剛落成的台南驛。 圖片提供：國家圖書館

張我軍和龍瑛宗

二〇〇六年出版的《龍瑛宗全集》，兩個兒子分別寫了文章追憶父親。兩人描述的共同點是，一個終生沒有停止過閱讀與寫作之夢的父親，此外，提及一些與父親相關的人或事，雖然浮光掠影，卻可能照亮往事，修正一些刻板印象。

長子文甫寫到和父親一同體驗戰後的顛沛肅殺，小心翼翼的童年。他在台南念小學，剛好葉石濤在同校任教，下課時間常買牛奶麵包給他加點心，這段往事為龍瑛宗與葉石濤在《中華日報》的情誼，加了一個溫暖生動的註腳。

知甫文章則提及張我軍與龍瑛宗的往來。

張我軍最為人所知是他在二〇年代推介中國白話新文學立下的汗馬功勞；龍瑛宗比張我軍小十一歲，教育背景截然不同，文學閱讀無緣於中國白話文，且遲至一九三七年才以日文小說受到注目。這兩個人，不僅不曾在文學舞台上同台，從台灣新文學發展史來看，位置也相隔遙遠。

兩人初見面，應該是一九四二年在東京舉行的「大東亞文學者大會」。當時，張我軍是中華民國華北代表，龍瑛宗則為日本外地台灣代表。根據龍瑛宗戰後回憶當時他還無知於張我軍是什麼人，經由張文環介紹才認識。戰後，張我軍回台，龍瑛宗丟了報社工作，二人皆為尋職頗經一番波折，結果在台灣省合作金庫的研究室重逢，龍在張我軍任下當辦事員，又向他學習中文，兩人才發展出堅實的情誼。

張我軍以白話文運動健將留名，生涯職業卻多日文譯作，還編了日語教材。龍瑛宗將青春全投給日語，作家夢卻落空，連在銀行刊物寫文章都得靠張我軍幫忙。長於中文也好，精通日文也好，這兩個人都一致地在文學創作上收筆了。張我軍雖然還志望編一本日華字典，可身心虛廢於酒，終而送去了生命。

張我軍在病床上把自己的詩集《亂都之戀》送給青年許遠東——這個學生時代熱心政治、還因讀書會蹲過兩年白色監牢的人，這時也剛來到合作金庫——說是贈書，實則把遺言夾在作品裡，交代火化，由龍瑛宗和許遠東共同拾骨。

這三個人——一個先被推崇引介中國文學有功，後被指責帶有漢奸色彩的半山文化人；一個由日本殖民教育撫育，只會寫日文的台灣作家；一個走過政治風暴、轉身領航金融界的台籍菁英——看似互相隔閡又矛盾的組合，竟有這般生死相託的情誼。

一個人在歷史留下名號，很多時候取決於時局，未必與終生表現等量齊觀，台灣文化人的系譜，也常被政治的風吹亂。張我軍與龍瑛宗，初相見的身分多麼荒謬，再重逢又截然無關於文學，在金融機構的冷門角落，真實將他們聯繫在一起的還是原來的台灣身分，並以此扶持過了半生。

新中間層的挫折

一九一一年出生的龍瑛宗及其同世代作家，約莫在一九二〇年代中葉接受日本殖民政府主導的新式教育，漢學基礎相對弱化，但養成了日語能力，得以與現代知識接渠，在社會鄰里之間，亦普遍被期待有能力脫出底層生活困境，進入行政機構與日人一較長短。

對比同代人，若非進入島內師範學校體系，就是遠赴內地攻讀大學文憑，龍瑛宗來自客家族群與台灣商工學校的學經歷較為少見。他的故鄉：新竹北埔，在作品裡常以「山村」、「寒村」現身，他在這兒短暫接觸漢學堂教育，旋即轉入公學校，從《三字經》轉成日語、圖畫、唱歌、體操等科目。這是台灣教育令普遍施行的時代，無論是具體的基礎建設或抽象的時間作息，都由上而下帶著迎向現代標準化，民間生活除了憑靠日出日落，還有新的二十四小時制，學校裡鐘聲新奇，文明泛出香氣，龍瑛宗多次在文章裡提到，公學校裡日本人教員為他帶來文學上的啟發，五年級生時，他和一位來自九州熊本縣的日本人教師相熟，常到他的宿舍去玩，因而翻閱到當時台北發行的短歌雜誌《新玉》。當龍瑛宗好奇地念起短歌來，這位叫作成松的日本人教師對他說：「瞧！這裡有台灣人的名字，你看到吧？他叫作陳奇雲，住在澎湖離島。台灣人如肯用功，也能作日本的短歌。我教你做日本的短歌吧！」

在龍瑛宗的回憶裡，這個經驗給自己開了眼，一個「從未見過的世界擺在眼前」，日籍老師後續把《萬葉集》印給龍瑛宗閱讀，兒時曾為夢遊與幻覺所困擾的龍瑛宗，開始在（日本語）文學裡體驗到一個超乎現實，色彩繽紛、充滿想像之舞的世界，他的日文程度逐漸受到日籍教師讚賞，也曾幾次投稿於當時台灣島內或日本內地的少年雜誌。

公學校畢業以後，依照當時的社會風氣，家中長輩普遍希望子女投考師範學校，將來做個公學校教員，「職業既有保障，生活也差可安定」，人子龍瑛宗順應父親期待，報考台北師範學校，雖通過學科考試，但因口吃和色盲，最後並沒有錄取，因而繼續在北埔公學校高等科（二年制）就讀，至一九二七年，報考台灣商工學校。

台灣商工學校係由東洋協會創辦、以培養工商實業人才為目的，繼朝鮮漢城、滿洲等地，一九一七年在台北設立，除有總督府資本，亦有當時台灣辜顯榮、顏雲年、林本源等望族捐款，是當時第一所開放內台人共學的學校，師資方面延攬許多總督府專業人士以及工商各界關係者，無論在校知識傳授或畢業後求職引介，皆有許多方便優勢，信譽頗佳。在龍瑛宗的故鄉北埔，之前有同鄉宋金聲就讀於台商三期，至龍瑛宗投考這一年，已是第十一期，他在眾多應考者中，以最高分被錄取，成為北埔第二位入學台商的子弟。附帶一提，台灣文學領域裡另一個與台灣商工有關的名字是王昶雄，晚龍兩年入學，為第十三期校友。

龍瑛宗入學台灣商工學校的這一年，台灣商工學校創校十周年，結束了由總督府殖產局局長兼任校長的慣例，改由日本內地聘來佐多萬之助先生擔任校長，在校史裡，佐多校長被認為是一位人文學者，以「至誠」為理念，重視人格主義，到二次終戰被遣返為止，他在任的十八年，被視為台灣商工的黃金時代。

另一位校內靈魂人物是佐藤龜久次主事，東京帝國大學畢業，是照顧學生課業與就職輔導的友善長者。龍瑛宗的回憶文章，經常提及這位佐藤主事，受教甚多，龍瑛宗畢業後得以迅速進入台灣銀行就職，亦是有賴佐藤推薦。

台灣商工學校以實務技術為訴求，但日文、英文等語言課程也不馬虎。龍瑛宗在向來喜愛的日本文學受教加藤先生和西村先生甚多，除了古典文史，也讀當時名家如菊池寬、久米正雄、宇野浩二等人的作品。在龍瑛宗所留下來的成績單裡，國文科目連得兩個甲，算是少見的例子。課餘時間，他勤跑新高堂、文明堂、杉田書店去站讀新刊，生吞活剝閱讀日本《改造》和《中央公論》，山村少年對知識的匱乏感，在台北城大大得到了開發與滿足。

一九三〇年，龍瑛宗以全校第三名成績畢業，進入台灣銀行台北本行，不久，調派南投支店，一待四年，然後，調回台北本行，五年後再派花蓮美崙，截至一九四二年他請辭轉入台灣日日新報社為止，龍瑛宗在銀行界服務近十二年，諸多現實經驗轉入小說材料，兩次外地調派經驗，也給他的文學加了許多不同色彩。

〈植有木瓜樹的小鎮〉開場，九月午後，搭著製糖會社的五分車，搖搖晃晃兩個小時來到山中小鎮，陳有三身上的白色衣服已被煤煙弄髒，滿頭發汗。眼前景象是無人煙的老舊店家，汙穢或因風雨剝落的土角牆，太陽曬不到的地方蒸發著孩子們隨處便溺的臭氣。這些不舒服的筆觸，透露了陳有三的心緒，也側寫了南投時期龍瑛宗的抑鬱。

在經濟不景氣浪潮蔓延的一九三〇年初，人浮於事，龍瑛宗能在銀行任職，算是不錯的出路，不過，接到南投派令，將他打入低谷。他連南投在哪兒都不知道。分行人事極簡，除龍瑛宗之外，皆日本人，因此他除了在櫃台辦理存款、匯兌，也須負責日本話與台灣話的翻譯，但客家人龍瑛宗對閩南話並非那麼在行，甚為苦惱。

這時，他年方二十，向上心正是濃厚，存著憑文學或文官之路來出人頭地的夢想。給兄長劉榮瑞的家信，他抱怨：

這邊沒有運動設備，（對我來說）要用功讀書也諸多不便，沒有辦法靜下心來看書用功。我也打算盡量忍受苦痛。不過我想，對我來說，最重要的時期是這兩三年之間。年老或者結婚有妻子，要看書用功就相當困難了。我的想法是這兩三年要充分地用功，再多擴展自己的識見。

他想調職，又深知困難，漸漸從職場待遇與日常生活領悟到日本人與台灣人終究存在難以消弭的位差，就連情竇初開的戀情都不可免地因為身分差距而被挫折。另一方面，家裡開始關切他的終身大事，祖母與父親接連病危，人生暗影一寸一寸向他籠罩過來。前信家書，他繼續寫道：

為了要獲得麵包，人生是以血淚描繪著，而且不得不過著寂寞的雙重生活（對哥哥來說，也是一樣的）。我相信人生絕不是幸福的，人不是因為幸福才生下來的。人生像是痛苦鐵鏈的連鎖，因此我也盡可能地忍耐著，我也知道，也許還會有更辛酸痛苦的人。

〈植有木瓜樹的小鎮〉很大部分透露了他此期對現實的重新認識。父親過世之後，他調回台北本行，也依媒妁之言結了婚。生活雖有牢籠感，畢竟平穩，台北市內的圖書館、舊書攤讓他恢復學生時代對知識、文學的渴求，昭和初期也正是出版文化黃金時期，國外文學、思想透過日語大量翻譯而來，給他苦悶的生活開了一扇靈魂的窗。

就在這個階段，他從文藝雜誌讀到了朝鮮作家張赫宙小說得獎的消息。他想起與成松老師共讀《萬葉集》，也想起台灣商工學校的加藤老師常說和歌的優美非言語能形容，它是屬於直覺的，加藤老師望著他問：「龍君，你應該瞭解吧。」是的，他瞭解，但他也瞭解自己是個被殖民者，不過張赫宙不也是個被殖民者嘛？他寫的是殖民地的事情，本島這些年來不也在思索如何寫出地方色彩嗎？

「試一試寫小說吧！」他內心燃起了希望，開始鼓舞自己，銀行工作忙，他便把握每天清晨上班前的時間，想辦法爬格子寫作。如此四個月時間，迎來了〈植有木瓜樹的小鎮〉的誕生，也將他帶上了不同的人生道路。

一九三七年〈植有木瓜樹的小鎮〉獲獎至一九四七年停筆，是龍瑛宗文學創作高峰的十年。還在銀行工作的前五年，龍瑛宗大致寫了兩類主題，一是本島人青年掙扎於立身出世理想與生活現實夾縫的故事，一是具有台灣鄉野色彩的幻想故事。前者大量取材於台灣商工學校，以及銀行基層工作經驗，以〈植有木瓜樹的小鎮〉、〈宵月〉及〈黃家〉最為突出。

這幾篇作品，與同時代其他作家相比較，可以說較早注意到了一九三〇年代一批完成新式中等教育，某程度來說可稱之為「本島人的知識青年」的角色，同時也以新鮮筆法描寫了這些青年進入職場生活的眾生相，點出當時薪水階級所面臨到充滿衝突、滯悶的處境。

以〈植有木瓜樹的小鎮〉為例，以優異成績畢業於中學校之後來到T鎮就職的主角陳有三，是個滿懷志向、但同時也肩負傳統家庭期待的青年，在日人主導，屬於重要行政機構的職場，他很快面臨到同樣職位卻因日、台身分不同，而有薪水、津貼、居住環境等差異的殖民地現實。他剛開始還堅持發憤讀書，想藉由投考文官和律師考試，力爭上游，以掙脫現下泥淖般的處境。然而，接踵而至令人難以忍受的生活，被貧窮追殺以至於淪落不堪的台灣友人，難以擺脫的買賣婚姻舊習，使他知識的憧憬開始幻滅，可以說，由寂寥敗破小鎮所代表的殖民地實景，一日一日腐蝕了他的心志，將他推向妥協，和其他同儕在黑夜的歡場裡，尋求短暫的歡樂與麻醉。

後續發表的〈宵月〉、〈黃家〉，也有相近主題。〈宵月〉主角彭英坤曾和敘述者畢業於同一所中學，那時候，彭英坤無論相貌、辯論、文學、體育等才能，都有英挺的表現，是敘述者憧憬的對象，以為立身出世必當以那樣的人為典範。孰料幾年過去，重逢彭英坤只是公學校的代用教員，被現實生計拖磨，已喪失年輕熱情，沉溺於酒精，成了風評頗差的教員，終而背著龐大的負債病故。

〈黃家〉同樣有著因理想幻滅而導致自我沉淪的敗北人物，愛好音樂的哥哥若麗，期待去日本學音樂卻迫於生計而無法圓夢，鬱鬱終日，憤世嫉俗。這個角色有相當部分與龍瑛宗兄長劉榮瑞的經歷重疊，喜好美術的弟弟若彰，傾向務實思考藝術與現實共生的可能，或有幾分龍瑛宗的影子。

這三篇小說，集合顯影了中學校畢業（而非更高學歷）進入職場的台灣青年，他們是一批受了現代日本教育形塑，分散於殖民地行政機構，過著上班生活的薪水階級，是二〇年代以降一批逐漸興起、介於底層農民與菁英官僚之間的「新中間層」。依照台灣商工學校設校宗旨，這批人原來應當扮演社會重要的基盤，然而，他們面臨到的卻是一九三〇年代的經濟不景氣。小說裡，不僅困居小鎮的陳有三感到失意，即使在台北城就職的同學，更甚出身內地大學的同事，也都不免為經濟苦惱，對工作懷憂喪志，不認為在殖民地社會可以找到表現自我的可能。

「在學生時代，我們把社會看得太樂觀了。」

「社會就像巨岩似地滾壓過來，而我們是被壓碎得連木偶都不如的可憐者。」

「我五年間所得到的知識，乾乾淨淨地還給了學校。我只記些借貸的數字，不要多餘的知識。頂多會打算盤就好了。」

「知識會陷吾人於不幸嗎？知識難道不是我們生活的開拓者？」

「知識抱著華麗的幻影，也許可以幾分緩和生活的痛苦。但幻影終究會破滅。當喪失了幻影的知識一旦與生活結合的時候，則只有更加深痛苦而已。」

知識喪失了目標，靈魂敏感而無所託，只是徒增生活的痛苦。此時的龍瑛宗，或許已經知道以前成松老師指給他看，以為可以作為榜樣，能寫和歌的台灣詩人陳奇雲，現實上，也並非是順遂的，先因戀愛丟了教職，又為生活汲汲營營；之後，龍瑛宗的名字將出現於那本《新玉》雜誌，只不過，那是一篇為陳奇雲寫的追悼文……

龍瑛宗的文學啟蒙，如一、二節所述，走的是一條幾乎沒有文藝同儕的獨學道路，日後進入文壇，他沒有明確隸屬哪個文學陣營，其文學表現也不完全能以「富有抵抗精神與民族意識的寫實文學」來衡量，不過，當一九三〇年代後期，漢文創作無路之際，龍瑛宗以日語轉向，表現了年輕作家對新議題的興趣，對寫作技巧的新探索。以初期三篇作品來說，他從自身的學經歷，注意到一整群「中間階層」台灣人，在種族、社會、家庭的三重苦惱圍攻之下，跌入了絕望的深淵，其文字對精神狀態的掌握，內心挫折的深刻描繪，在當時文學作品並不多見。

這是四〇年代的開端，後續還有呂赫若、王昶雄、周金波等人會帶來其他關於知識分子內心與現實的衝突、自我探問的作品，他們留下的或許不是積極、樂觀的前途，而是一幅又一幅苦悶而傾斜的心靈圖像，然而，這些文學的出現，何嘗不是反映了戰爭時空下台灣社會的情狀；從另個角度說，以龍瑛宗為代表這一波纖細、走向心靈探問的文學，與二十世紀前半現代主義文學的脈絡相合，現代主義文學在台灣，早已影響詩歌，小說也有端倪，實在不能說是遲到。

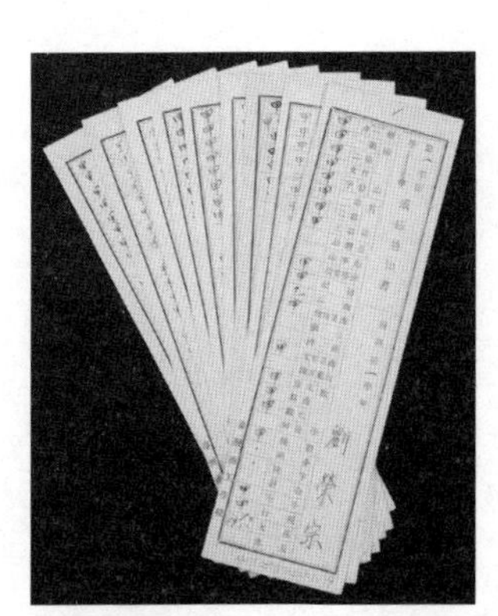

龍瑛宗在台灣商工的成績單。圖片提供：國立臺灣文學館

鳳凰花一九四六

一九四五年夏，戰事頹喪瘋狂，盟軍密集轟炸台灣各地，台北城四處烈火熊熊。他結束了《台灣新報》的工作，混跡許許多多疏散避難人潮之間，回到新竹山村老家，家家戶戶關緊了門窗，捻熄了燈，躲空襲過日子。外街不時傳來警察吆喝，壯丁團的跑步聲，黑黝黝的夜色，他憤慨而哀愁地與悶熱對峙著，沒法子讀書，亦不知道敵機什麼時候要來。

不多久，他在報上看到短短一則消息：原子彈投下廣島。他大吃一驚，他不是全無時代預感，知道大勢已去，但這災禍簡直超出想像。村裡有些低低的交談，恁多憂患亦心寬，日子難過，但也許就快結束了。他極端敏感於周遭的氣氛，卻又不敢做什麼確定打算。這樣的時局，誰知道下一秒鐘自己是否遭逢不測。他得撐過才算數。

然後，彷彿只是瞬間的靜止，八月十五日，聽人說天皇玉音放送，家裡連收音機也無，只好跑到朋友家聆聽。電波沙沙，傳出沉緩的漢文訓讀體，無法立即明白內容，可是，那確實是人的聲音。幾個人你看我，我看你。這是天皇？終戰？他感覺到自己的心跳，幾年的徬徨忍耐，這時似乎全都圍繞過來。日本真的戰敗了？他與朋友雖然曾經這樣料想，可是，現在？接下來呢？我們會變得怎麼樣？

很多年後，他在電視上再次目睹當年情景，成千上萬民眾伏身遍地，啜泣拭淚。「爾之衷情，朕善知之。」他的心情依然不能平靜，彷彿他是其中一人，但又不是，確確實實不是，那個朕再如何善知也絕不可能理解他的衷情，但為什麼那畫面卻有一股強烈哀戚傳達到他身上——

光復，光復，光復。他回到台北。售柴的，售菜的，售龍眼的，售荔枝的，人人湧生一股簡單興奮。朋友葉君形容：光復後的每一個日子都是奇異的日子，每天都有新奇的經驗。他雖處在失業狀態，但面對所謂勝利氣勢，人生至此常被壓抑的浪漫習性，便十分竄鬧起來。思量之前未及實現的理想，那自處女作以來總覺伸展不開的文學之路，現在，應該會有一個全新的轉機吧？他那被戰事拖累以致出版夢碎的小說集，也許可以再加設法？眼前這樣荒蕪亟須重建的時勢，應該有很多事務是他可以從事的吧？他東想西想，腦子裡轉著各式各樣新奇雀躍的念頭。

那是個夢的夏天，戰爭傷痕累累，他發熱般地寫作，從夏天寫到冬天，筆下語氣變得具體而積極，他邊寫也覺得納悶，為何忽然放棄過去在乎的氣氛色彩，任憑種種材料直向奔流而來，民族主義、青天白日旗、汕頭來的男子……

回想起來，儘管短暫，但他的確曾經改變過。他走出了與自己作為一悲哀浪漫主義者的垂憐相對，然而，是他一下燒過了火？抑或他總是太快看到事情的暗面？他感到那些樂觀激動彷彿海市蜃樓，揉個眼，忽然找不著了。他準備好起跑，工作卻始終沒有著落。戰前和他一起在報社當編輯員的王君和呂君，繼續提著熱情奔走新時代，他雖跟隨參與過一些，但又好像不在其中。漫遊大街，霓虹冶豔，對比戰時薄暮禁燈，墓場般的死寂，恍若隔世。眼前山珍海味，他卻阮囊羞澀，空著肚子走回家，看路旁有些日本人低頭變賣家具書籍，秋風寂涼，他漸漸故態復萌，起了憂鬱。

不久之前，與晴子會面，她的神色是黯然的。這青春的情感，一個殖民者與被殖民者的純潔情愫，到底要以什麼形式才得安頓呢？他不斷思索男女之間是否有友誼的存在？他們依舊守禮地重視彼此，奢想年華老去，仍有可憑恃過活的回憶。漫步淡水河邊，眼見隨夕照隱沒的大屯山、觀音山，河面古樸的帆船姿影，漸趨漸暗。戰爭結束了。他與晴子默默無語地走著。

過完一個深冬，愈來愈多朋友被遣送回日本，別離的傷感深深攫住了他。他伏在桌前，給晴子寫一封告別的短簡。為追逐生計，他要離開台北到台南去。妻與孩子們正在收拾衣物發出細細碎碎的聲響。他想起昔日搭乘台糖板車去到南投的情景，以為有天有地的年少志向，還有花蓮夜以繼日、寂寞無比的海浪聲。人生至此，似乎總在為一口飯遷徙，苦惱於精神與現實的雙重逼迫，白日為五斗米唯唯諾諾折腰，夜裡則因文學的饑渴而簌簌流淚。

三月初春，他走出台南車站，戰前和黃君馳騁年輕熱情搭火車環島旅行的經驗，歷歷在目。那次旅行，他初次識得叫作鳳凰木的樹木，當年初見面的新垣氏，不多久也要回日本去嗎？近來黃君在北部十分忙碌於帝國大學與報館的接收，還積極學習著國語，而他獨自再來台南，等待他的報社就在車站對面，被空襲炸壞的屋頂，還沒有完全修復。

報社內狀況也不怎麼好，機器簡陋，經費不夠，連買紙張都有欠缺。無奈時候，他走進咖啡廳，抽著廉價的香菸，寫詩，或給晴子寫信：「我喜愛台南的寂靜。這裡有梵谷式明亮的風景。鳳凰樹恰似孔雀般突然展開枝葉，如火焰般挑戰豔陽天。」「我的感傷巧妙地撥弄著詩的豎琴。我把自己裝扮成被流放到異地的悲哀詩人。」

幾年前，二度以作家身分前往日本的時候，他想過離家，掙脫桎梏，可最後終究沒能克服內心作為人父的責任感，還是回了台灣，回了家。這樣的自己，能說什麼呢？會議發言是無可奈何，婚姻也是無可奈何。人人都是時代洪流裡的一葉小舟。如今，好不容易戰爭已經結束，「以海涅的方式向台南打招呼吧，這落魄的貴族會嫣然一笑的。」他以為他會在台南待很久，他想以台南為舞台，好好下一場賭注……

在這個保留中、日文雙色景致的新報社，他負責編輯日文文藝版，是很能發揮文學歷練的工作，他客觀以為，戰前台灣文學文化的發展理應在這個園地接續下去，同時，關於世界文學、特別是祖國文化，若以多數讀者能接受的日文來加以譯介刊載，對現階段啟蒙會有極大助益。他把歷來讀書功力全給使上，逼迫自己放棄憂鬱，融入現實，眼前已經不是殖民者的事，是他們自己的事，他告誡自己該像文友呂君、王君，鼓注熱情和行動力，為新時代的文化工作奔走。

他也重逢了台南當地的葉君。往昔在台北雜誌社見著的那個脣紅齒白的少年，現在家道中落，臉頰沾了風霜，可他畢竟年輕氣盛，每次見面仍興致勃勃談著紀德、梵谷，笑稱自己肚子裡的文學之蟲可沒那麼容易死。葉君善於掌握時代議題，文筆也富有情緒，幾乎每月寄來稿子。在他的協助下，這個日文文藝欄，幾乎可以算上戰後初期最重要的文學園地，談文學，談生活，也談家庭與性別，當然，日常生活的變化，他們也察覺到了。物價愈漲愈高，有錢變窮，無錢是無路可走。文化人沉淪於社會底層，連三餐都無法溫飽，如何能研究學理？如何能談論文化？

他振筆疾書，寫著自己不熟悉的字詞。中國人。真正的中國人。老百姓。為了老百姓。這段時日，有葉君長談也是好的，否則他不知道怎樣紓解內心藤蔓糾纏的思緒。事實上，以終戰八月十五日為起點，台灣情勢一直在快速變化著。敏感如他，漸漸磨去了迎接光復的單純樂觀，凶浪般愈湧愈高的社會亂象，打得他腳跟不穩。妻子在書房外抱怨米價飛漲，孩子暑熱嚶嚶啼哭。他努力壓抑自己的悲觀與焦慮，抓救生圈似地啃讀更多祖國知識。他努力尋找光明，拉緊自己不要潰下陣來。他不明白，腦海中理解期待的社會，到底是天真幻想，還是可以追求實現的目標？他看朋友活躍或愈挫愈勇，既羨且疑，他逼問自己熱情喜意為何不能持久？不能有所成果？即便如此壯大自己，何以不消多久仍被現實醜惡所擊倒……

就在這般迷惑光景，晴子走了。最後一次碰面，她的眼睛閃著淚光。那些因為彼此出身、條件，立場不同而一直羞辱著他，卻又總是吸引、滋潤他的情愫，一幕一幕在他心中反覆，啊，為什麼他要與晴子相識？為什麼又總是必須離別？晴子從基隆出航那日，他沒能去送她，在台南想起少年時代愛讀的屠格涅夫《初戀》，心中一痛——

他個人的理由之於這粗暴的時代是無效的——晴子再不會回來，他們恐怕永遠無法再會面了。

他繼續在編輯桌上，看稿，寫稿。外在情勢愈來愈詭譎。戰爭雖在形式上結束，火苗仍在各地燃燒。現在，是戰爭還是和平？未來，難道還有更大的毀滅要來？他覺得自己依舊活在隨時可能窒息的瞬間。報社慢慢停掉一些日文專欄，終至下令完全廢止的消息傳來時，他已經不是那麼驚訝，他想，命運就是還要再捉弄他一次，先是廢了漢文，現在又是日文，他們就是這樣被外在一隻手、一群人翻弄著，驅趕著，一會兒這個方向，一會兒那個方向。只不過，這一次，他不再是順流的那方，不再是那個日語能力備受讚美的年輕學生，而是一個國語說不完全的中年人了。

他的人生，彷彿前一刻才燃燒起來，這下又忽地落入一種清冷的境況。那個魔法般實現他的文學之夢，使他得以親炙文學東京，領受文學甜美的得獎事件，到底是幸或不幸的開端呢？他懷著對自己文學才能那麼一點堅強而默默的信心，大膽辭掉銀行工作，準備投身文學事業，孰料戰爭卻失心瘋般地燃燒起來……

初冬的台南有股薄霧般的詩意，可他恐怕不再能當個詩的信徒。他失業了，簡單說，就是這樣，任憑他是如何受到賞識的天才，抒情纖細的心靈，也無濟於事。從報館窗戶望出去，成排鳳凰樹氣定神閑隨風搖曳，幾個月之後，它們將熱烈綻放成紅色花海。他回想過去這個夏天，太陽凶猛，自己無論如何是如鳳凰木那般奮力燃燒過了。窗下牛車響鈴輕踏過街，多麼好聽，他漸漸習慣台南的氣息，也成為平凡市井小民的一人，但現在，他又要走了。

重回台北城，一九四七年，戰爭空襲傷痕仍在，許多房子依舊破碎。下雨冬夜，遠遠可以聽見燒肉粽，燒肉粽，「父母本來真疼痛，乎我讀書幾落冬，出業頭路無半項，暫時來賣燒肉粽」；既長也哀的叫賣，歹命人在街巷裡徘徊。

台北卸下了日本的表情，換上了祖國的表情。表情，這個怪異的措辭，顯示了他語言的困難，時代衝擊如此之大，他有很多話想說，但找不到適切的字詞。這是歡呼的天國，也是憂鬱的地獄，他狠心揮趕腦裡親密而優美的日語，一步一爬學著用中文寫：「我不在的一百年後的台北到底要變到怎樣？或者，那個大屯山突噴出火來，瞬間把台北市化為一場阿鼻叫喚的地獄，而完全被埋沒在地下也未可知……」

不多久，的確有一把地獄之火燒過了這座城市。

冬夜過後，春天還沒有來。他們瑟縮在屋裡，彷彿跌回戰火最熾烈的歲月。包含王君在內諸多文友被逮捕的消息傳來，人人自危，眼神交會，比往昔更悲哀地閉上了嘴。他坐在桌前翻看台南時期的文稿，那些關於四億祖國同胞與六百萬本省同胞的擔憂與呼籲，確確實實出於真心，可今看來也確確實實成了滿紙荒唐言。他不知自己哪來那樣一股氣勢、膽子，人生是該樂觀踏出去看看，可現在，他是深深挫折而難以再信了。

其後，他輾轉遊職於各雜誌，薪資微薄不定，連孩子都知道家裡窮。最後終於經由文友援助，回了金融界。第一天上班，更衣，穿鞋，適合的公事包，一切都沒有閃失，這些動作他依舊熟悉。蒼白的衣領，瘦削的下巴，葉君說他有雙悲苦的眼睛。他完全地安靜下來，徹底豢養個性裡服從的性格，不再貪戀文學這悲哀的玩具。彷彿一隻逃出圈外野放的羊隻，流浪幾時，終究低著頭默默走回柵欄，走回原來的圈地。

這一過就過了半世紀。

龍瑛宗 

一九一一～一九九九，本名劉榮宗，新竹北埔人。從小受日語教育，十九歲畢業於台灣商工學校（今開南商工），隨即入台灣銀行工作。也擔任過《台灣日日新報》、《旬刊台新》、《中華日報》等報章媒體的記者和編輯，加入過《文藝台灣》、《台灣藝術》等組織。一九三七年，首部小說〈植有木瓜樹的小鎮〉獲得東京《改造》雜誌第九屆懸賞小說佳作獎，躍登日本中央文壇。一九四二年被選為「第一屆大東亞文學者大會」台灣代表，前往東京與會。著有〈植有木瓜樹的小鎮〉、〈黑妞〉、〈白鬼〉、〈趙夫人的戲畫〉、〈黃家〉、〈白色山脈〉、〈不為人知的幸福〉等二十餘篇小說，一九四三發表《孤獨的蠹魚》文學評論集，一九七七年嘗試以中文創作長篇小說《紅塵》。《龍瑛宗全集》，陳萬益主編，陳千武譯，國立臺灣文學館，二〇〇六年。

大東亞文學者大會：第二次世界大戰後期，日本文學界成立「文學報國會」分別在東京、南京召開三次大東亞文學者大會。為當時日本實踐「大東亞共榮圈」的文化政策之一。一九四三年台灣作家在台灣總督府與皇民奉公會的指導下，於台北成立「日本文學報國會台灣支部」，矢野峰人任支部長，目的為宣揚日本皇國精神，推動台灣皇民文學。第一回大會，一九四二年召開，主題「東亞文學者為完成大東亞戰爭及大東亞共榮圈建設的協力方法」，第二回大會在一九四三年，主題是「決戰精神昂揚、消滅英美文化、擁立共榮圈文化」。前者，張我軍為華北代表，西川滿、濱田隼雄、龍瑛宗、張文環為台灣代表。後者，長崎浩、齋藤勇、楊雲萍、周金波為台灣代表。

張深切：一九〇四～一九六五，南投草屯人。一九一七年隨林獻堂赴日留學，結識台籍社運人士，開啟輾轉台、日、中多地奔波，致力於革命與文學的人生。一九三四年成立台灣文藝聯盟，主編《台灣文藝》，推波台灣新文學運動。主張「文藝大眾化」，小說作品有〈鴨母〉、〈落陰〉、〈邱罔舍〉等，一九六一年出版自傳《里程碑》。

《台灣鐵道旅行案內》：日治時期台灣總督府鐵道部出版的旅行指南。自一九一六到一九四二年，共發行十二期。紀念台灣鐵道縱貫線全線營運，將台灣的新風貌宣傳給日本讀者，意味台灣終於成為觀光地點之一。內容以鐵道沿線導覽的方式介紹台灣的景點，並附上路線圖。同時相對於日本，則以「南島的異國風情」來形塑台灣旅行活動的魅力。

文獻索引

〈植有木瓜樹的小鎮〉初刊於一九三七年四月《改造》十九卷四期，收錄於《植有木瓜樹的小鎮》（一九七九，遠景）。張良澤翻譯〈植有木瓜樹的小鎮〉刊於《前衛叢刊》二期

〈台灣一週旅行〉，一九三九年五月一日《大陸》二卷五期

小說〈宵月〉，一九四〇年七月《文藝首都》八卷七期，初收於《植有木瓜樹的小鎮》（一九七九，遠景）

〈黃家〉，一九四〇年十一月《文藝》八卷十一期

〈白色山脈〉，一九四一年四月二十日《文藝台灣》三卷一號

〈萬葉集的回憶〉，一九四四年五月一日《台灣文藝》創刊號

〈斷雲〉，一九八〇年一月二十六日《民眾日報》副刊

改造

最進步的頭痛立愈新藥
腦神ノーシン
腦神的特長
主治
各地著名藥房均有代售
名古屋市東區京町
荒川長太郎合名會社
NORSHIN
ノーシン

KAIZ

1937

懸賞創作

パパイヤのある街

龍瑛宗

春季特大號

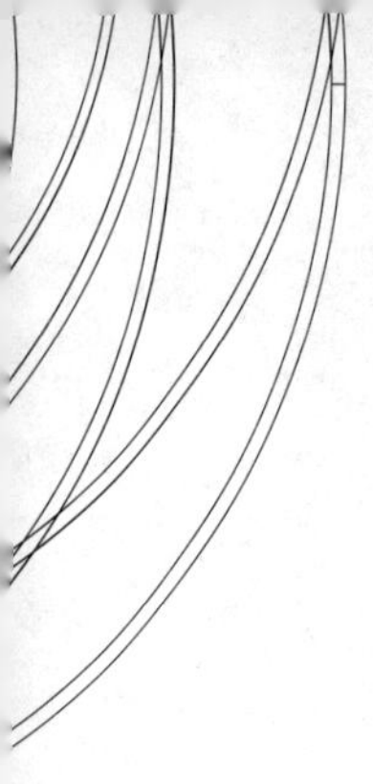

呂赫若　鍾理和　葉石濤

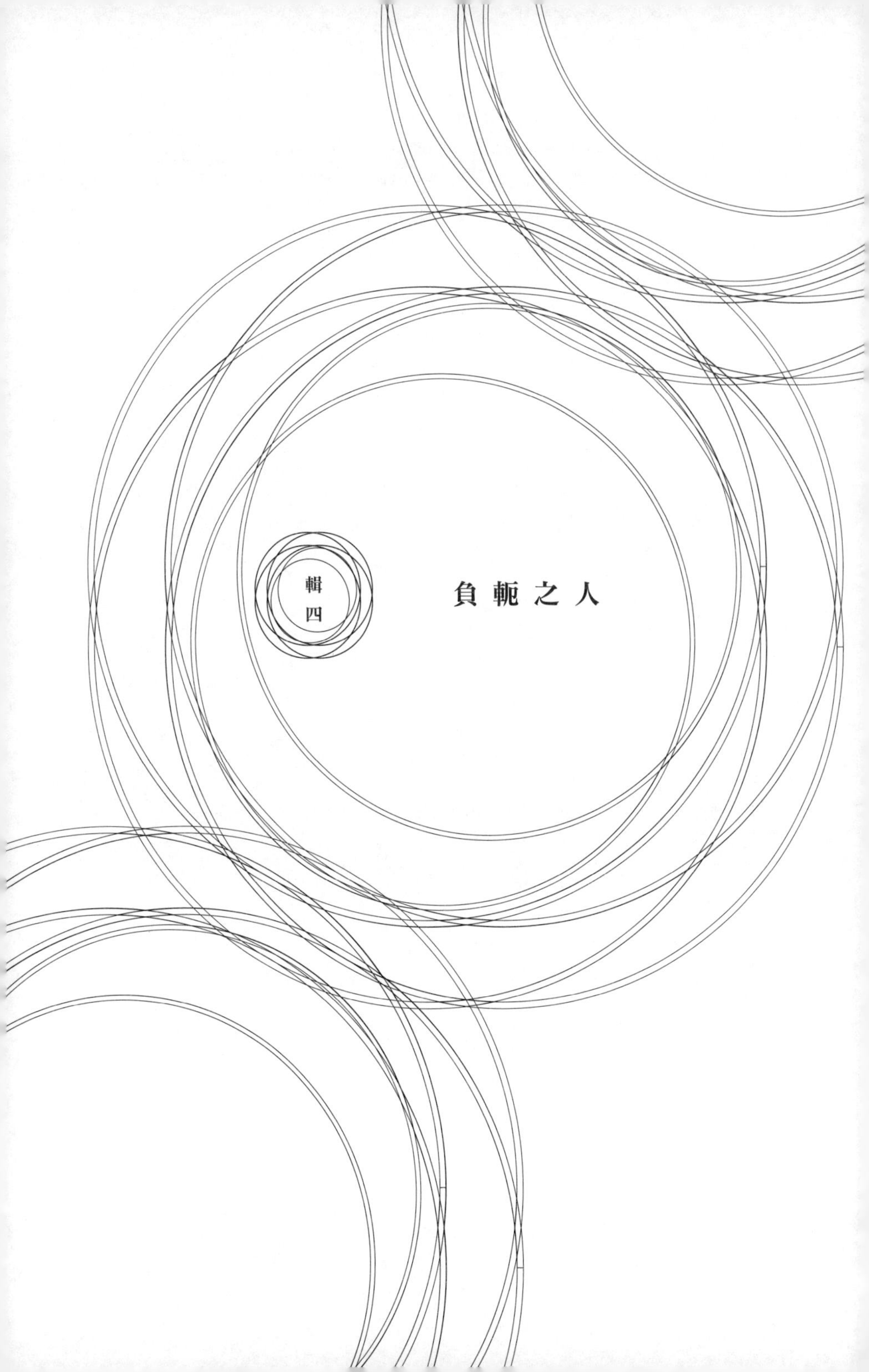

輯四 負軛之人

老朋友

二〇〇四年冬，《呂赫若日記》新書發表會的那一天，巫永福先生很早就到了。外頭下著大雨，並不是方便出門的天氣。

場地設在一〇一大樓，人潮雜沓，他穿著一襲作工細緻的沉綠色長衫，一頭銀髮，坐在附近咖啡吧等候，顯得很不尋常。在這之前，我看過他寄給朋友的賀年卡，很簡單的構圖，黑紅對比，繡球花，不張揚地顯露出前代人的貴氣。

時間差不多了，我陪他走往會場，步伐巍巍顫顫，走向呂赫若那張永遠年輕的肖像。儀式前端，巫老安安靜靜，輪到他上台致詞時，卻忽然提了神氣，說起呂赫若的才華與往事，才說過的話，拐幾個句子，又繞回來，重說一遍。這時候，恐怕不只是我，在場的人應該都意識到他的激動，打亂了講話的線頭。

我想起他一篇不怎麼被討論的小說〈阿煌與父親〉：阿煌不聽父親禁令，去和窮孩子阿海嬉玩，卻在回程巧遇父親。讓我印象深刻的不是父親嚴厲，而是阿煌和阿海在原野間，一片天光雲影，好不清新動人。

那是巫老一九三五年的作品，那一年，他結束日本學業，回到台灣來。人在新竹的呂赫若，倒是把小說處女作〈牛車〉投給了日本刊物《文學評論》。

他們兩人的東京之路是倒反的，相對於呂赫若就職後才攜家帶眷去東京，巫永福十幾歲就隨兄長去名古屋讀中學，後來進入明治大學文藝科，直接受到山本有三、橫光利一指導，算是比較早與日本文學界接軌的例子。一九三三年《福爾摩沙》創刊，巫永福幾乎是成員裡年紀最小的一位。

那個時代的巫永福，是個能夠靈敏地掌握到美與感性的青年，留下來幾篇小說，〈首與體〉寫知識青年的苦惱，〈河邊的太太〉寫蜚短流長，狀若有聲，帶著濃厚的新感覺派氣味。回台後，巫永福進報社當社會記者，和在公學校裡當教師的呂赫若是能夠「徹夜長談，有時躺在同一張床上直到天色大白」的朋友。後來呂前往東京，想在音樂、演劇領域一試身手。可惜時不我予，戰事已經擴大，呂的健康與經濟狀況亦不理想，恩師、親友包含巫永福，皆來信勸他返鄉。

呂赫若東京匆匆，回台進入四〇年代，小說愈寫愈好，台北文藝圈處處可見他的身影，人人都為他的才華相貌傾倒，巫永福進入歇筆狀態。二二八前後人人自危，巫永福為營救自家兄長四處奔波，呂赫若卻愈陷愈深，成了歷史的傳奇角色……

巫老在旁人攙扶下，走下講台，緩緩回到座位。我繼續想著那篇小說：阿煌回家路上挨了一陣打，就連阿海也跟著吃耳光，兩個孩子哭天喊地的痛，迫使阿海不得不機伶地扯了一個謊。這對老朋友，一個被形容為流星，沒活過四十歲，一個倒是活下來，彷彿那個過得還不錯的阿煌，大氣，樂觀，自信，一晃眼竟來到九十歲，這幾年出版回憶錄，書名就叫作《我的風霜歲月》……

活得愈長，愈感到文學時光的短暫。戰後巫永福雖然也試著用中文寫作，但總無法得心應手，漸漸由小說轉向了詩。此外，接替吳濁流發行《台灣文藝》，捐資設立評論獎，他不想忘記文學，就算不做創作者也做個植樹的人吧。前些年，他整理了作品集，題獻給山本有三、橫光利一、小林秀雄，他說前兩位先生是他創作的源頭，小林先生則是他創設文學評論獎的榜樣……

如今，二十一世紀的摩天大樓，這些人名不知飄到哪些地方去了，橫光利一走得比呂赫若還早，戰後引領風騷的小林秀雄也已謝幕，剩下巫永福拄著拐杖來到這裡，翻開老朋友留下的日記，青春戰火，一天一天，歷歷如昨。

《呂赫若日記》手稿版，國立臺灣文學館、印刻，二〇〇五年。

馬克思女孩

馬克思是沉重的，女孩是輕盈的。馬克思滿嘴鬍鬚，女孩如水粉嫩。馬克思嚴肅專注，女孩容易分神。馬克思女孩，以衝突構成了一種輕佻趣味。

原詞來自呂赫若。他以俗里俗氣的標題〈牛車〉，交出第一篇小說，處理現代交通運輸工具給傳統帶來的衝擊，接著，第二篇〈婚約奇譚〉，還是討論新舊衝突，角色由底層人物轉到都市青年男女。作家登場，第二篇作品往往最是難寫，論筆法，論思維，〈婚約奇譚〉都不出色，不過，其中馬克思女孩倒是有趣。

小說開場頗有氣氛，主述者春木坐在車站月台，等著馬克思女孩。月台上有臉色蒼白的酒樓女人，穿日本服的內地男人，還有現代洋裝少女，細膩的呂赫若抓住了經典電影必拍的火車站場景，幾筆人物素描也帶出了時代像，可惜，當火車拖著黑沉沉的龐大身軀到站，馬克思女孩一登場，小說就掉入理念先行的困境。

馬克思女孩，琴琴，雖然只是公學校畢業的年輕女性，但在朋友圈裡，「由於有著不讓鬚眉的熱情與尖銳的意見，因此男人們相當看好她的前途」。琴琴把女性自覺、女性解放掛在嘴邊，雖然登門求婚者眾，但她既然身為新女性，就不該對布爾喬亞新娘抱持幻想，因此屢拒婚約。

求婚者裡，一位「以沉溺於酒和咖啡特別有名」的富家子，屢敲琴琴芳心未果，轉向仿效馬克思主義，懺悔「自己已嘗盡歡樂，深感其中空洞、虛妄，覺得應該認真思考生活問題」，今已完全覺醒云云。這招果然奏效，不僅說服春木，也能對馬克思女孩提出的種種主義問題應答如流。革命術語一變成為蜜語甜言，社會批判也是一種換取愛情的辭令。

接下來，如同預期，佳人既然點頭，情勢就可大變，富少眼中，馬克思主義漸漸變成狗都不理的東西。馬克思女孩憤而逃離婚約，大罵對方是「沒有階級觀念的機會主義者，一派布爾喬亞的淫棍」，把資本主義與色情罵在一塊。

在女作家表現明顯不足的日治文學，女性角色多半還是由男作家之手來寫。小說裡的女性，常常隨著男性在現實環境的位置優劣、心境轉折而被寫成不同的形象。早期女性常被寫成受封建制度壓迫，等待男性予以啟蒙、解放的可憐蟲，後期則一轉成為遍體鱗傷的男性心中的不死女神、偉大母親，在困難的時局裡，能堅韌挺過各種橫逆而匍伏生活下去的象徵。

對比這些，馬克思女孩，讀來類型新鮮活潑，她說：「我又不是玩偶」，呂赫若想讓琴琴做易卜生的娜拉，意圖是明顯的。不過，主述者春木似乎有點呆頭鵝，說是對人生有覺悟的進步分子，關於女性、愛情、人性的判斷卻很陽春，面對琴琴父親與未婚夫追上門來索人，也提不出說法。馬克思女孩言論、作為流於樣板，恐怕是以寫女人為擅長的呂赫若的失手之作。主角琴琴遠不及故事配角瓊芳（左派運動家之妻）值得期待，也不及真正奮戰過的葉陶或謝雪紅來得真實，徒留下了一種反諷的趣味。

氣息芬芳

呂赫若的作品，最早使我留下印象的是〈清秋〉，一直沒有忘記的是〈玉蘭花〉。

寫於終戰前夕的〈清秋〉，涉及皇民文學的沉重葛藤，評價不一，但我讀見一個青年的初老徘徊。〈玉蘭花〉則是兒時回憶，短暫四、五天寫成的作品，相對於呂赫若其他結構精鍊的小說，〈玉蘭花〉匠心不多，卻意外留下一種不可取代的魔力。

〈玉蘭花〉寫的是一段日本友人客居台灣傳統家庭的情誼，文中自然涉及日台親善、現代化問題，不過，留在初讀記憶裡的美好印象，無關這些大題，倒是小說最末的分離場景：大家庭老老少少都出來給日本客人鈴木送別，儀禮縫隙之間，有個孩子鬧著脾氣，他不能接受喜歡的人竟然真要這樣拋下自己走了，心裡又是賭氣又是不捨，忍著不哭又不肯出口挽留。

鈴木漸行漸遠，身手矯健的兄長們，先是追著喊叫，被大人阻止了，又爬上院子裡的玉蘭花樹幹，從搖晃的樹枝間，眺望那愈走愈遠的人影，邊看邊大聲喊：「現在要過橋了」，「鈴木先生回過頭來了」，「叔父在和他說話呢」——

鬧脾氣的孩子困窘地跟著兄長爬樹，卻怎麼樣也看不到鈴木的身影。

「看不到啦，阿兄說謊！」

「笨蛋，那麼低當然看不到了。」

他是最小的孩子，爬不高，風愈吹愈猛，終而，當兄長揮手大喊「再見！」「再見！」的時候，他忍不住哭出來了：「讓我看！讓我看！」

小說就這樣結束。看似平常卻又有些不同的離別。那個孩子不明的情緒，揪住了我們的心。孩子的對話，生動觸及了某些記憶，使我們好像立即置身於那個百年前院子裡的陰天午後，那些事物，那些人情，彷彿就在身邊。從最初到最後，孩子的情緒沒有得到解決，小說中觸探到的日台親善、現代化等地雷議題沒有移除，也沒有爆炸，卻渲染出一種氛圍，將我們惘惘地罩在裡頭。

這真是一種魔力。魔力經常不可理喻。它對我們習慣的主題置之不理，把我們一路追蹤的線索一舉打壞，讓我們想順理成章引述文本詮釋議題的居心一夕落空。它讓作品變得模糊，甚至引發爭議，但無論如何卻使我們不能忘記。

有時，小說像一棟建築，有時，又似一組攝影。抽絲剝繭找出小說的建築原理或可構成一種挑戰，但攝影氛圍就不見得能讓人摸出頭緒。評論競技，前者相對容易成為檯面上的重點，但在閱讀領域，卻經常是後者讓人愉快。

閱讀〈玉蘭花〉，我常想到班雅明所說，機械複製時代凋萎掉的正是藝術作品的「氣息」。多麼巧合，〈玉蘭花〉恰恰就是一篇由舊照片寫成的回憶故事，那些照片保存了每個人的舊時面容，我們一行一行讀過去，「氣息最後一次散發出它的芬芳」——班雅明的文字如此適合用來為〈玉蘭花〉下註腳——「這便是構成它憂鬱的、無可比擬的美的東西。」

完美的招魂

祖母是綁小腳的。祖母反對子孫離家，更別提搭船離開台灣島，這簡直就是今生的永別。祖母迷信，不僅供奉天上聖母、玄天上帝、三官大帝，逢土地公、有應公、石頭公也不可不拜。

以祖母為最高家長的大家族裡，來了一個日本客人，孩子們又好奇又害怕地圍著他，對峙著。客人取下肩背的黑色東西，對著孩子們做姿勢，嚇得他們鳥獸散。

那個黑色東西是照相機，時間是一九二〇年，老一輩普遍告誡相機會攝走心魂的時代。日本客人叫做鈴木，是家族裡偷偷跑到東京去念書的成員所帶回來的友人。

祖母與鈴木，很可以作為清朝遺民與新日本人、傳統與現代、落後與進步的對比，但在呂赫若最迷人的小說〈玉蘭花〉，祖母愛屋及烏，對鈴木禮遇有加，鈴木也溫順可親，和一般殖民、被殖民關係不太相同。

鈴木一待近年，這個殖民母國來的客人，似乎在台灣傳統家庭住得頗為愜意，宅院裡的孩子和他打成一片，白天玩耍嬉鬧，晚上鈴木也給孩子們教點學校裡的功課，說一說桃太郎的童話。

鈴木喜歡釣魚，經常背著相機出去。可能大熱天裡跑過頭，鈴木生病了，發高燒，本地中醫和鄰莊西醫都輾轉請來，還是擋不住熱病惡化。祖母和大人們低聲討論，若讓遠來的客人客死他鄉，這可怎麼辦呢？不懂事的孩子也開始擔心，鈴木，鈴木，叫喚都沒有反應，站在房門口哭了起來。

某天日暮，祖母喊來常跟鈴木去釣魚的孫子，要他帶路往河邊去。祖母腋下抱著鈴木的西服上衣，手持線香與金紙，拖著纏足小腳，好辛苦地趕路。晚霞遍天，蚊子成群，水牛已經要回家了。祖母來到河邊，把香點燃，對著水流，念念有詞地祈拜。

接著，開始燃燒金紙。祖母將鈴木衣衫，騰著火煙繞了幾繞，然後，抱著衣衫走近水邊，掬起河水沾潤，同時告誡身邊孫子：「到家以前不可以講話，無論如何都不能跟祖母講話哦！」她捲起自己衣服前襬，把鈴木的衣衫放進懷中，以持香的手緊緊抱著，步上歸途，邊走邊喊：「鈴木先生，回來喲！鈴木先生，回來喲！」

台灣讀者一看就知道，祖母是在招回鈴木被水攫去的靈魂。祖母蹣跚的身影，一步一步走進孫子心裡。回家之後，一度轉成肺炎的鈴木，在大家悉心照顧下，病情逐漸痊癒了。

在這個段落裡，關於現代化淘汰傳統生活、現代性與舊文明的角力，並沒有發生，而是結合田園暮色、河水、星光，寫了日常、自然、永恆。大家族的祖母，一個老式人物，千辛萬苦來到河邊，是為了救助新來的日本仔；祖母將以被帝國反對的愚昧迷信，來為這個日本人招魂。

「鈴木先生，回來喲！」祖母的呼喚，無知但也超越了政治與文明的爭奪。在這裡，與其寫一個誰占了上風的結局，毋寧想透過一段生動而夠說服力的生活經驗，讓兩相對峙的元素，出現一種流動、溶解、和解的可能；許多小說家身處時代喧囂、人與人粗暴決裂的時刻，反反覆覆試作、不放棄追求的，似乎都是這樣一種詮釋與願景。

病癒後的鈴木，回報這個招魂的禮物，即是以他肩上那個嚇壞老一輩的黑色東西，為祖母與家族拍下合影，為這個台灣傳統宅院留下輝煌時期的圖像。這是再一次和解，留下線索讓那個帶領祖母去河邊的孩子，目睹照片隨即懷想起當年的生活氣氛，而這個生活氣氛正是在後來滾滾而來的浪潮裡，被抹滅的記憶。

第九號交響曲

呂赫若的小說〈清秋〉，主角耀動求學與工作，前後在東京待了十年歲月，現在，他回鄉準備做個小兒科醫生。

老家清晨，他在院子給菊花澆水，感覺朝靄清新，植物鮮嫩，就連葉叢裡受水滴驚嚇而跳開的小青蛙，也讓人湧起一股生命的驚喜。這是他懷念的田園生活，老宅裡祖父數十年如一日讀書練字，父親日日西裝戴帽，忠勤上班，還有廚房裡嗆著眼淚生火的母親白髮，凡此種種，一個訴求親情、成家立業的包圍戰略，注定他得成為一個受孝行支配，背負起光宗耀祖任務的長子。

然而，歸鄉之後理應盡快展開的事務：開業申請、婚事談合，在小說裡卻總是無法順利進展，耀動本人情感也冷熱不定，對於是否真要就此度過人生，遲遲無法有所決定，走個幾步，就又再倒退幾步，屢屢自問那些寂寞空虛，根源何在？心裡厭惡的情緒到底是為了什麼？

對比他的躊躇，讀藥學的弟弟耀東倒是明確，決定順應時局，前往南洋發展。出發前，耀勳北上和弟弟碰面，兩人漫步於大稻埕，華燈初上，車聲人聲不斷干擾耀勳，走進餐館，店內播放的樂曲也似曾相識，「那是殘留在腦海某處的名曲，不過，怎麼樣也想不起來。」

他們坐下來，點菜，繼續說著東京友人的消息。依祖父與父親的設想，耀東若回鄉來和哥哥合作，一個開醫院，一個開藥房，再好不過。沒想到，現在，弟弟決定轉彎，連老家也不回一趟，就要前往南方。耀勳心內情緒混雜。這時，服務生端來菜餚，談話片刻中斷，因而清楚聽見方才的管弦樂突然轉成獨唱，又變為合唱——

啊！耀勳拍膝恍然大悟，想起來了。

貝多芬的〈第九號交響曲〉。

這麼熟悉的曲子，怎麼會想不起來呢？小說寫到這兒，閃現呂赫若的音樂身影，也一曲帶出時空氣氛。

從呂赫若日記來看，〈清秋〉寫於一九四三年秋冬。這時節，日本因為戰況惡化、兵力不足，正下令將徵兵範圍進一步擴大至高等教育，即所謂「學徒出陣」，對象除了日本內地，也包含台灣、朝鮮、滿洲等地學生。第一回「學徒出陣壯行會」於當年十月二十一日在東京、台北同時舉行。台北畫面如何不得而知，東京明治神宮的儀式則是規模驚人，數萬名學生冒著冷雨，唱著軍歌走向戰場。

壯行會這一天，呂赫若日記空白。不過，一個月前，九月二十三日，他記下：「下午六點公布昭和二十年度施行台灣徵兵制度，這是歷史性的。」

壯行會後兩天，日記清楚登錄：「短篇小說〈清秋〉脫稿。晚上十點二十分。張數是一百一十五。」

〈清秋〉寫到南進，未提徵兵，也未提學徒出陣，卻提到了〈第九號交響曲〉。

自一九二〇年代以來，〈第九號交響曲〉深受日本人喜愛，直到今天，無論國家樂團或各地音樂會，仍習慣在歲末演奏第九，齊聲合唱第四樂章。音樂在戰爭中如何被詮釋應用，暫且不提，回到「學徒出陣」，確實留有不少歌謠勸慰學生為國家拋灑鮮血，當時也常以〈第九號交響曲〉來激勵生存之道，好比上述壯行會前後，東京大學、東京音樂學校為出陣學生演奏送行，都挑了〈第九號交響曲〉。

「第四樂章，歡樂頌。」〈清秋〉章節裡插入的正是這個段落，弟弟輕鬆說：「在台北的餐廳也聽得到〈第九號交響曲〉，真讓我吃了一驚。」

「那是你了解不深！」耀勳如此回話。

他們繼續喝酒，談論孝道、開業、結婚。「怎麼樣？回家鄉開間藥房吧？先別想賺錢，來跟我作伴吧！音樂，你都別想聽！」弟弟聽得出他有點醉了。連酒館遇見的朋友，被父親逼著退租的房客，全都要往南方去，只有耀動一個人被遺留下來。該落寞嗎？他醉醺醺吐露，心情無法平靜下來，生活是矛盾的連續，體會不出生活的意義……

無論特意或偶然，〈第九號交響曲〉，小小的細節，裝置在一部無論是人物或時代都無比抑鬱的小說裡，成為一個高明的背景音，點明了時局的緊迫與藝術的變質。耀動一會兒遠離時局說自己是個鄉下人，一會兒又指點弟弟「瞭解不深」。他的意思是指在台北餐廳聽得到古典音樂沒什麼好大驚小怪？還是指弟弟對音樂瞭解不深呢？

呂赫若的音樂興趣顯現得很早，學生時代，他的校園鋼琴獨奏，曲目選了小約翰·史特勞斯的〈埃及進行曲〉。一首同樣有著慶典、前進氣勢的曲子。是呂赫若個人偏愛這類帶著希望、歡快的旋律？還是時代總用這類音樂鼓舞人心呢？讓我們歡樂的唱吧，鼓起勇氣去接受苦難吧，前進，前進，如癡如醉，天國的火花。〈歡樂頌〉有席勒的熱情，貝多芬的神聖，埋藏著一個全新的世界。耀動聽出這首曲子，想的是什麼呢？是他自己遺忘了音樂，還是音樂變得讓他聽不出來？

同一首曲子，不同時代，不同人，可能做出截然不同的詮釋。戰時用來出征，戰後又用來慰靈。一九四七年，東京音樂學校追悼戰歿學生兵，再次演奏起〈第九號交響曲〉。同一年，二二八事變後的夏天，台北中山堂也響起這首曲子，當時，在台上擔任男高音獨唱的，正是即將消失的呂赫若。

一九三二年十一月二十日，呂赫若攝於鋼琴獨奏會上，時年十九歲。圖片授權：呂芳雄

〈鄰居〉、〈玉蘭花〉兩篇作品，曾被認為是呂赫若創作生涯較為特殊的作品。從內容來說，這兩篇小說從日常角度描繪日本人友善的面貌，思索日台親善的可能，因此被認為是皇民化運動推行緊迫的時空下，不得不服膺的皇民文學作品。一九七九年戰後首次出版的《光復前台灣文學全集》，並未納入〈鄰居〉、〈玉蘭花〉，直到一九九五年《呂赫若小說全集》，這兩篇作品才被完整收錄，後者更是屢屢被研究者推崇為呂赫若最令人難忘的作品。

創作位置及故事梗概

從呂赫若日記來看，〈鄰居〉早在一九四二年一月即有構想。此時，呂赫若旅居東京，與島內文藝界張文環、巫永福時有書信往來，同時，頻繁參與東京音樂、戲劇活動。生活看似風雅，不過，日記裡更多的實情是，家務瑣碎，孩子們大病小病不斷，哭鬧終日是常有的事。經濟方面，難免依賴家人朋友寄錢贈物，時有典當情形，「痛感凡事都是錢」。工作方面，短篇小說〈財子壽〉剛寫完不久，熱中閱讀戲劇，創作構想甚多，但總無法靜下心來寫作。〈月夜〉寫得斷斷續續，後來健康又出了點狀況，決定攜眷回台。

〈鄰居〉真正執筆已是回台之後九月底的事，不過，這一寫就持續下去，雖然周遭也是孩子的哭聲，但很快於十月一日完稿，當日便寄給《台灣公論》。

以呂赫若自己的說法，這篇小說「意圖寫出內地人、台灣人所應有的態度」。主述者「我」因教職變動來到台灣人聚落裡租屋，不久之後，發現同樓遷入一對日本人夫妻田中，「我」由一開始訝異、不安到逐漸與之親善，同時也知曉田中夫妻情深，獨缺子嗣的事實。

小說的戲劇點開始於兩個月後，田中夫婦的屋裡傳來了小孩哭聲。接下來故事便圍繞著田中夫妻如何關愛小孩，如何與小孩生家的台灣人家庭互動而展開。主述者受田中夫妻委託代為交涉養子入籍之事，但在他還沒來得及著手處理之前，鄰居田中夫婦已調職，抱著台灣小孩遷回了台北。

稍後寫於一九四三年的〈玉蘭花〉，同樣是在兵荒馬亂的生活裡一氣呵成的作品。撰寫時間只有短短四、五天，這在呂赫若嚴謹的寫作方式裡並不多見。文本說來簡單，只是一段童年記憶，記憶核心落於一九二〇年，一個來自東京、擅長現代攝影技術的日本人，來到台灣鄉間傳統大家庭作客的往事。

〈玉蘭花〉經由敘事者七歲孩童的心眼，將日本客人鈴木以溫順踏實的形象呈現，故事後半，鈴木因到河邊釣魚患上熱病，家族祖母唯恐遠來客人客死異鄉，以台灣民間習俗為這個日本人招魂。鈴木病癒，返日之前，以他擅長的照相技術，給這個家庭留下了合影。

新路徑的尋找

這兩篇小說，一致性地，出現了跟統治階層無關的一般日本人，這似乎是作者特意的安排，與其將日本人視為樣板仇敵角色，不如另行發掘更多日常生活裡的日本人形象。這一方面是小說寫作技藝的升級，處理人物、情節漸趨多元，另方面也可說是呂赫若這一代人成長交遊必然的結果。

一九一四年出生的呂赫若，說起來，已經和賴和整整差距了二十年。在日本語寫作的世代，呂赫若常和楊逵（一九〇五）、張文環（一九〇九）、龍瑛宗（一九一一）並列，是他們之間最年輕的一位。他們的生活，透過學校、社交、職場、經商，與日本人頻繁交流，對日本人有較多觀察。呂赫若曾明白說過，並不討厭日本人。同樣的話，楊逵也表示過。〈送報伕〉故事，對主角寄予同情關懷的田中和伊藤，也算首次由正面角度描繪了日本人。

另一方面，他們的青年時期，「日台一家」、「內台融合」等政策日益高揚，倡導在台灣的內地人、本島人應互相加強認識，不僅單方面要求台灣人同化，也呼籲日本人加強對台灣人與台灣文化的理解。這個政策擴及文學，即是有關台灣本島人風俗、生活及其心理的題材受到鼓勵。一九四〇年後陸續發表的，庄司總一《陳夫人》，坂口䙥子《鄭一家》、《時計草》便是在這個脈絡下，受到重視與討論。其中，《陳夫人》更於一九四二年獲得第一屆大東亞文學獎。

呂赫若還在東京的時候，即寫過短文評論《陳夫人》。基本上，他肯定在台日本人作家能夠擺脫搜奇、不切實際的旅行者心態、異國情趣，開始寫一些貼近台灣風俗、台灣家族生活的作品，不過，他也指出故事裡人物描寫過於刻板，欠缺現實血肉，特別是傳統家族裡的老人、女性；呂赫若認為，這些人物對內地人作家來說，是難以瞭解的典型。

這篇短評發表後沒多久，呂赫若完稿了〈財子壽〉，恰恰就是一篇以傳統家族裡孤僻難解的吝嗇老人，以及女性妻妾之間心機競鬥為焦點的故事。

〈財子壽〉登載於《台灣文學》，這個雜誌的靈魂人物是日語寫作世代裡的大哥張文環，他早自一九三二年組織《福爾摩沙》，便意識到「和文文藝」到來不可避免，但期許日文能寫出台灣生活現象，具有台灣色彩的文學。呂赫若的〈財子壽〉算是準確地走在這個軸線上，刊出後受到好評，也對呂赫若有很大激勵。他結束了此前幾篇對不幸女子、對醉心藝術文明、不滿因襲傳統的青年摹寫，開始取材台灣事物、人情，對之提出新看法，或以新技巧來描寫之。續作〈風水〉、〈合家平安〉、〈石榴〉（以下稱〈財子壽〉系列），病理般照亮傳統家族一些幽微難解的人性、心理，即使是陋習、迷信，他也堅持加以摹寫，他試圖正面挑戰（自己所說過）內地人作家難以瞭解的台灣民間深層，以與日人作家一別苗頭，提出自己小說世界的新詮釋。

在這波創作高峰裡，〈鄰居〉和〈玉蘭花〉是零星出現的兩篇小品，卻也顯示呂赫若寫作主題的另一個試探：關乎時局問題。

日台刻板印象的改寫，親善藍圖的謀求

整個日治時期，雖然「內台親善」的口號一直存在，但描寫日、台人相處融洽的小說並不是太多，相反地，以日本人台灣人階級差異所衍生的悲歌或戲謔小品，是多數作品的基調。因此，族群刻板印象，就如同〈鄰居〉的開場，雙方遑論在血液、文化上有所差異，就連居住環境也是迥然不同：

> 這附近一帶，乍看之下很破舊，矮簷、泛黑、光線很差的房子櫛比鱗次，屋頂覆蓋破板、鍍鋅鐵板或竹屏等。經過屋旁小徑，要彎彎曲曲才能鑽過。來到那條小巷時，地面上鵝糞與雞糞斑斑。路的兩側，紫黑淤泥色的水面上，經常漂浮著各種垃圾，沼氣閃閃發光，惡臭撲鼻。
>
> 另一方面，背面田裡堆肥的味道、垃圾腐壞泛出的惡臭，木板屋街道某處迎面撲來的霉味、令人作嘔的廁所氣味、汙穢的衣服、汗、垢、家禽的糞便，整個街上籠罩在這些臭氣中。

這種負面描寫，亦曾繁複出現於龍瑛宗的〈植有木瓜樹的小鎮〉、〈黃家〉。台灣人聚落與髒亂、無望連結，相對內地人住宅則整潔、舒暢，搖曳熱帶風情，想要突破現狀，得像〈植有木瓜樹的小鎮〉那些至少有點學歷的「新中間層」，靠著幾年的忍耐，升上一定地位，才有可能「住在內地人式的家屋裡，追逐著過內地人式愉快、得意的生活。」

〈鄰居〉故事，呂赫若倒是讓一對日本人田中夫婦的遷入打破了這個刻板印象。擔任教員的敘事者，「基於職業上的理由」，不情不願在本島人聚落租屋，因此，他對會有日本家庭來「住在同一屋簷下」感到意外。當他詢問田中夫婦為何會來居住本處，對方只是輕描淡寫回答他：「有內地人不能住的地方嗎？」「住慣的話就是好地方，不是嗎？」

〈玉蘭花〉故事，一個來自殖民母國，擅長現代攝影技術的日本人，由東京來到台灣鄉村的傳統大家庭，住下來，不僅沒有產生衝突，一有機會還幫忙打掃庭院，照顧花園，和樂融融過了一個夏天。

兩個故事的切入點，都跳脫歷來僵持的關係。人物也不同於歷來經常出現的日本警察、教員、官僚等與統治權力相關的角色，而是一些日常生活遇合的平凡日本人。〈鄰居〉田中先生是普通上班族，「理平頭，眼光銳利，刮鬍後留下青色的痕跡，體格魁梧。從袖口伸出兩隻濃毛的手腕，站在榻榻米上的模樣，看起來極獰猛」，頗符合歷來對日本人的刻板形象，不過，後來事實顯示田中夫婦頗為親善，一切只不過是自己的杞人憂天。〈玉蘭花〉的日本人登場甚至帶著笑容。一個風吹得很強的早上，年方七歲的主人翁，睡夢中被搖醒：「喂！起床！起床！日本人來了！去看日本人吧！」

主人翁走到外頭，種滿熱帶植物（龍眼、石榴、荔枝、扶桑花）的台灣宅院，一個穿著和服的日本人「正站在那株玉蘭花下，笑容可掬地看著我們。」日本人不停變換各種表情，想要逗孩子發笑，孩子們懷著恐懼與好奇，既想靠近，稍有動靜又退後好幾步，這種「宛如雞在吵鬥」的奇妙對峙，直到日本人從肩膀取下黑物（照相機），孩子們才作鳥獸散。

接下來。兩篇小說就日本人與台灣人的互動費了不少筆墨。〈鄰居〉裡的田中夫婦由於不能生育，於是想抱養一個台灣小孩來承繼自己家庭的香火。附帶一提，戰前日本思想界曾以「養子」觀念來比喻台灣、朝鮮等殖民地與日本帝國的關係，即，透過養子的擬制血緣，台灣、朝鮮不僅可以納入日本家族國家，還可解釋為國體擴大，解消異民族殖民地與國體論之間的衝突。

〈鄰居〉使用養子這個象徵，不太可能渾然無知於上述說法。〈鄰居〉極為特意強調了田中夫婦對養子的愛情——這正是這篇小說令人費解之處（後述）——細心籌備育兒用品，不眠不休照顧生病哭鬧的幼兒，種種細節被敘事者放大為「母愛的強烈表現」，日人夫婦疼愛台灣養子的耐心甚至令敘事者羞愧萬分，即便他明白這孩子是本島人的小孩，但久而久之竟也生出了這樣的印象：

大體上說來，阿民是別人家的小孩，這是早已注定好的，田中夫婦卻百般疼愛扶養他，而且異常辛苦吧。雖說殷切盼望能有個孩子，卻要嘗盡艱辛，而仍甘之如飴，田中夫婦可說是個異數。阿民的父母也不相上下。首先，阿民來到這裡已逾一個月，未曾出現像他父母的人。然後經過我的觀察，田中夫人主張阿民是自己的小孩，也沒有不自然的地方。不！連我都開始相信阿民是田中夫婦的親生兒子。

藉由對「母愛」的強調，打破血緣、種族的界線與隔閡，藉由即使是養子也會同樣當作親生孩子撫養的隱喻，營造日、台人親善友好的願景，這可以說是〈鄰居〉想要寫出的目標之一。同代評論者也多附和強調「愛」才是人與人之間最有效的聯繫方式。這樣的說法成為這篇小說的護身符，略過了對養子這個主體的討論，也略過了文中情感或情節的不自然之處。

〈玉蘭花〉的日本客人鈴木與台灣鄉間孩童的互動，倒是放開了象徵與設計，單純把日台親善的可能，推回人與人之間友善的原點，強調即使語言不通也能找到相互溝通的可能。對於當時台灣人經常嚇唬孩子的「日本仔」，年幼的主述者遲遲無法擺脫恐懼，他與已經和鈴木玩得親近的兄長有以下這樣的對話：

「那個日本人不可怕嗎？」如果可能的話，我想跟他一起玩耍，內心暗暗這樣打算著，於是詢問阿兄。阿兄笑著說：「不可怕啊。他人很風趣噢。他有做出什麼可怕的事嗎？」是啊！可是我還是半信半疑。「你以為我說謊嗎？那麼，我就讓你看看他不可怕的地方。」阿兄瞧著我的臉說。「我坐上鈴木善兵衛的肩膀讓你瞧瞧。」

台灣孩子爬上日本客人的肩膀嬉鬧，同樣在那株玉蘭花下。這景象有意無意把向來日人處於凌虐、剝削台人的形象做了一個翻轉，隨後，〈玉蘭花〉情感的進行也一舉進入溫馨活潑的時光，直到日本人假期結束才以朦朧的告別作結。

想像的碰壁：〈鄰居〉的困境

〈鄰居〉和〈玉蘭花〉二文，都試圖翻動日台刻板印象，謀求雙方親善、互利的可能，但論完成度，二者之間存在差異。

〈鄰居〉故事，幾乎沒有一個角色被設定為負面，沒有明顯的階級差別，呂赫若單純只想求證「愛」是可解決癥結的前提，寫出所謂「內地人、台灣人應有之態度」。雖說如此，實際寫作過程並不順暢，日記顯示幾度「靜不下心，沒有進展」，甚者「感覺好像枯竭了似的」。

試著從幾個面向來看。收養為本文主要事件。日本鄰居對抱來的孩子確實充滿耐心，這成為呂赫若強調「愛」的根據，然而，每當面臨收養身分認定問題，文中卻少追究，以否認或無視帶過。面對田中夫人堅持養子是自己的小孩，敘事者也沒有戳破謊言。

後來小孩生家出現，答案揭曉，田中夫人制止生家來探視，就連孩子名字，生家這邊叫他「健民」，田中夫人堅持改為「民雄」，這些描述呈現日人夫妻畢竟相對強勢，孩子生母只落得被稱為保母、無奈退讓。幾次面會，兩位母親爭相叫喚或以食物誘引孩子，彼此較勁孩子和誰親暱。如此母愛，簡直殘酷。可是，小說文筆對此爭奪，沒有非難，也沒有無奈，遑論點出其中的位差，而只是寫了「二個女人似真似假地逗鬧著」、「同時迸濺出溫馨感人的母愛火花」之類的文句。

才在不久前，〈財子壽〉裡對女人心機算計，觀察細膩、掌握到位的呂赫若，寫作〈鄰居〉，彷彿收回了對女性的眼光，在疑點與衝突一觸即發之前，在思惟與情節碰壁之處，極不自然地轉向讚詠日本人夫婦的無私親情，讀起來溫情字眼雖多，卻有一種不自然而刻板的感覺。

無論是出於時勢脅迫，或是殖民理念的長期浸漬，呂赫若及其同代文友，多少已經陷入尾崎秀樹所指出的「精神結構的傾斜」，亦即，對殖民情勢已有一定的依賴和妥協。〈鄰居〉觸及日台親善的時代議題，可日台實際往來難以避免的位差與爭奪，並未正面以對，取而代之的做法是倉促套上「愛」的感嘆。類似情形也出現於作家龍瑛宗〈蓮霧的庭院〉——另一篇被認為處理日台親善主題的作品——最終也沒有踩踏本島人青年與日本少年藤崎的家庭背景、文化位階等不可克服的差異，而以愛的詠嘆直接跳入結語：「說是民族啦什麼啦，總之，不就是愛情的問題嗎？不管什麼事，讓我們結合起來的就是愛情。講理由是無聊的。主要就是愛情。」

差不多同期寫就的〈月夜〉、〈廟庭〉等篇，呂赫若讓知識分子去仲裁、協調傳統封建與現代文明的衝突，〈鄰居〉主述者，一位台灣人教師，也背負日台橋梁的機能。田中夫婦希望透過他，說服本島人雙親辦理收養入籍之事，可他一面知曉生家無可奈何的實情，一面又惑於鄰居的真情不知如何處理被請託之事。就在他茫無頭緒、拿不出作為之前，鄰居有了調職遷居的決定。

出發日一當早，兩家人聚在車站送別。不遑多讓〈玉蘭花〉，此刻又是一個看似尋常而與眾不同的離別。「再見！再見！」感情是充滿的，呼聲與淚水也是不缺少的，代表未來的孩子，被抱在田中太太懷裡帶走。這時候，主述者才想起來一個原本是自己責任，但尚未得到明確答案的問題：「阿民已經正式送給田中先生了嗎？」

回答是：「還沒有。」

火車已經開走了。這一場愛的爭奪到此大致分出勝負，卻沒有公平明顯的裁判。收養問題其實沒有得到解決，而只是延遲著走向了被動的結局，模糊曖昧的態度不僅出現在這個知識分子教員身上，也表顯於內地人、台灣人兩個家庭。

這種主述者始終處於觀看而無能裁判、主導情勢的情況，可以說從〈鄰居〉一直維持到一九四三年的〈清秋〉。小說情節的延遲與不自然，反映了作者想像的困境。以〈鄰居〉來說，呂赫若原本的意圖沒有成功，反倒成了一篇揭示問題癥結與政策困境的作品；一個本來想要表現日台親善、日本夫婦關愛台灣養子的故事，經過延宕不明的筆法，反倒可能指向了反面：一對日本夫婦對一個台灣孩子的強奪。

完美的招魂：〈玉蘭花〉的藝術消解之道

一九四三年，三十歲的呂赫若著手準備第一本小說集《清秋》的出版，預計收錄〈財子壽〉系列以及〈鄰居〉等七篇小說。校稿過程，他幾度懊惱作品「裝入太多時局之故，情節感到不自然」、「說要盛入什麼時代性，可是我不願意盛入糊里糊塗的時代性」。隔年春天，《清秋》正式出版，書末呂赫若回顧摸索寫作十年，總徬徨於現實與空想之間。這樣的心情，在作為書名，也是書裡最晚完成的作品〈清秋〉，幾乎滿至高點，主人翁耀勳直言自己根本「無法平靜下來」。

〈玉蘭花〉的寫作時間接近〈清秋〉，主題類似〈鄰居〉。相較而言，〈玉蘭花〉似乎不如二者經過匠心設計，不過，卻意外以日常、自然的筆調，舒緩了現實的碰壁之痛，成了呂赫若少見的暖色、流暢之作。

〈玉蘭花〉的勝筆在於取了一個孩童角度，孩童將殖民者與被殖民者之間糾纏困擾、製造緊張衝突的階級、文化等因素暫時排除，回到（呂赫若想要的）基本、理想的人性原點，來討論日台相處的可能。這個孩童解決了〈鄰居〉知識分子的尷尬位置，無論是由大人灌輸而來的恐懼也好，好奇也好，後來的親密快樂也好，得以如實表露。原生孩童與內地來的日本人，暫時跳脫情緒與偏見，構造一種自然情景，無論是宅院戲耍，或同去河邊釣魚，不時襯托著台灣鄉間田園的美麗，在敘述者孩童心中留下美好回憶。就算文中出現日本人指導小孩子溫習公學校裡的功課，給孩子講日本童話的畫面，讀起來也不至於覺得諷刺，特意迎合國策。

呂赫若不再碰觸〈鄰居〉裡尖銳的收養象徵，歷經八方碰壁，他似乎試圖回到原點，讓自己平靜下來。此外，他把〈財子壽〉系列裡，關於傳統與現代的思考——傳統未必等於僵化落後，反抗也未必否定日本，抗拒現代化——織進日台關係領域，在二元對立的衝突裡尋找和解的可能。

關於現代化，〈鄰居〉開場對日、台人生活習慣、居住環境的比較，已拉出差別，後來情節更有孩子生病，日人父母堅持住院，台灣母親則想試試民間療法的衝突。醫藥作為文明象徵，牛車不敵卡車，文明利器總歸是日本優勢，這類觀念在日治小說經常出現，〈鄰居〉情節亦由台灣母親做了退讓，是日台身分之差，也是現代凌駕於傳統之上。

同樣老問題，〈玉蘭花〉倒是另謀寫法。深受新時代文化薰陶的叔叔，以及他帶回來的日本客人，以及客人喜愛的照相機，這些明顯標示了現代文明的進駐，和堅決反對叔叔留學、綁小腳、迷信、四處拜拜的小祖母，形成強烈對比。家族裡對照相機的認識，也還停留在照相奪人形影，使人消瘦的階段。與其強調新舊元素的衝突，此期的呂赫若，開始尋求現代與傳統的對話、甚或和解的可能。〈清秋〉，呂赫若的歸鄉遊子重新審視傳統文化中的婉約之美，〈玉蘭花〉則試圖鬆動現代文明（＝日本人）與傳統價值（＝台灣人）的命題，強調兩者的流動性、可轉換性，亦即沒有哪一方絕對僵固，也沒有先定的勝敗，而是斟酌情況，互取所長，在善與美的前提下謀求雙方互利的可能。

這種對和解的想像與追求，在小說招魂一段得到完美的結合。當鈴木因釣魚染上熱病，宅院家人特地到鄰庄請來現代西醫，仍無起色，小祖母把主角幼童叫來，要他帶著到鈴木釣魚的河邊。這段情景，呂赫若的文筆就如〈清秋〉開場描寫清晨耀動在老宅院裡給菊花澆水，感觸生命清新，同樣詩意溫柔：

田圃上連綿的竹叢的樹梢一直靜止不動，對面的天空一片通紅。走在畦道上，蚊子成群地嗡嗡叫，不停地在我們的頭頂上盤旋。水牛已經要回家了。黑暗漸漸籠罩四周。眼前的流水呈現白光，從埤圳流下的水聲，滔滔地響個不停。蒼穹的晚霞逐漸消失，舉頭仰望，鷺成列地飛過。不久後，年輕祖母燃燒金紙，拿著鈴木善兵衛的上衣，在火焰上劃圈。

年輕祖母拿著香的手上抱著鈴木善兵衛的上衣，走近水邊，以兩根手指掬水，數次灑在上衣上。我也走近。水面映著淡灰色的樹叢影子。忽然間，我看到灰色的樹影間有一顆星影。因驚訝而抬頭仰望蒼穹時，有兩、三顆星星在閃爍，然後年輕祖母捲起衣服的前襬，把鈴木善兵衛的上衣放進去，以持香的手緊緊地抱著，走在前頭，步上歸途。邊走邊喊：「鈴木先生！回來吧！鈴木先生！回來吧！」路已經愈來愈暗，因為年輕祖母纏足，她走路的樣子看起有點蹣跚。我從背後望著年輕祖母每走一步就左右搖晃的身體。默默聆聽年輕祖母呼喊「鈴木先生！回來吧！」的聲音。

帶著傳統腐化的象徵：纏足的祖母，出於人性互善，費盡千辛萬苦走到崎嶇的河邊，以那早被日本帝國反對的民間宗教習俗，為現代化的日本人進行招魂。這個作為，深刻處不僅在於傳統對現代的征服，更在寫出了傳統對現代文明的同理心與接受。纏足祖母與精通照相的鈴木，清朝遺民與新日本人，一組傳統與現代、落後與進步的絕佳對比，然而呂赫若讓祖母這個落後守舊的角色，一轉扮演了能動的角色、將僵化的日台關係想像起死回生。

招魂，在此成為一個多重象徵，有關自我追尋，找回迷失的靈魂，重新審視關係。祖母的呼喚，無知於政治與文明，但實際超越了政治與文明的爭奪，「鈴木先生，回來吧！」成為一個純然友善的呼喚，傳統與現代，沒有誰占了上風，與其爭奪，不如說是出於讓步，發揮彼此機能，達成了一種和解。〈鄰居〉想以「善」、「愛」為前提，寫出「內地人、台灣人所應有的態度」的意圖，恐怕是到〈玉蘭花〉，才被和諧、完美地寫到了共鳴處。

在此，和解並非單方，而是雙方。相對於〈鄰居〉視線集中於田中夫婦，〈玉蘭花〉的日本客人來訪出於對台好奇，來了也與家族多有互動，家族成員愛屋及烏既照顧遠道而來的客人，也逐漸改變對照相的恐懼懷疑。招魂事件過後，痊癒的鈴木以代表現代文明的照相機，為這個台灣傳統家族留下輝煌時期的圖像，既是鈴木回報祖母招魂的禮物，亦是現代與傳統、日本與台灣兩相輔成，彼此留念的時刻。

呂赫若的〈玉蘭花〉顯然在營造一種理想，一種他自己也捉摸不到的善與愛的可能，這種理想、善與愛，對比戰爭生活的殘酷，注定將顯得愈來愈稀薄，不可能。〈玉蘭花〉溫柔寫下過去的回憶，至於未來，稚童成長後所必須面對的現實，日台親善口號之下所隱藏的界線與衝突，呂赫若不再強作樂觀，在〈玉蘭花〉，他再一次以擱置來解消難題，不過，這次擱置顯然要比〈鄰居〉來得高明得多。同樣以送別作結，〈玉蘭花〉裡的稚童，面對喜歡的人即將離去，心裡又是賭氣又是不捨，忍著不哭又不肯出口挽留。他很想跟著兄長爬上院子裡的玉蘭花樹，再看一眼愈走愈遠的人影，可是，偏偏就是爬不上去，爬不高。

狂風吹來，兄長愉快喊起「再見！再見！」，這個年幼孩子忍不住哭出來了：「讓我看！讓我看！」

事實上，他怎麼樣也看不到，只好抱著樹幹，哭了起來。

在這裡，他彷彿與自己的童年告別了，未來，又有點那麼懸而未決的氣味。〈玉蘭花〉和〈鄰居〉，都留下了一個意有所指但畢竟無能公正解決的結尾。孩子的情緒沒有得到解決，小說中觸探到的日台親善、現代化等地雷般的議題沒有得到完全的移除，也沒有爆炸，卻渲染出一種氛圍，讓人惘惘地罩在裡頭。

呂赫若的一九四〇年代，是創作高峰，也是身不由己，所謂「時代精神」，所謂「日台親善」，所謂「皇民文學」，呂赫若無從迴避，作為作家，也難免思索使命與生存之道。在〈鄰居〉，他難免天真，以為可以依著「愛」的藍圖來跳脫時代的桎梏，後來寫成的終究只能是一個不自然的故事，彷彿硬要勾勒一個站不住腳的烏托邦。相形之下，後來的〈玉蘭花〉不是沒有問題，也未必完全打通〈鄰居〉以來的思考困境，但是，這篇偶然又似神來之筆的文章不再求成一個範本，轉而回溯童心，以記憶的朦朧之美、氣息芬芳，將烏托邦想像寄託於逝去或抽象的願景，連帶解消了知識分子在現狀中的無能。〈鄰居〉的挫折與幻滅在〈玉蘭花〉得到完美的修正，可這修正畢竟來自藝術上的想像與修飾，而非理想在現實有所兌現。

至於現實情景到底如何，或可參照同期作〈清秋〉，主人翁身處時代動員，盡是遺忘、徬徨、局外人，日台願景消滅，退回台灣本位，在傳統中撿拾善的成分，聊以支撐無路可走的現實生活。當志願投入南洋從軍的弟弟，出發前問起宅院家人是否安好，哥哥耀勳輕輕回答：「我覺得家裡的長輩都很了不起，他們能夠每天持續地忍受平凡的生活。」

此後戰爭局勢愈加險惡，〈清秋〉出版定案，呂赫若隨即開筆寫〈山川草木〉，不久，戰火開始逼近台灣，雨，霧，空襲警報，轟炸機出現台北上空，呂赫若的樂觀與理想愈磨愈薄，戰爭中的人與生活，只能正視日趨走向絕壁的現實。〈山川草木〉與隨後的〈風頭水尾〉，文筆心境又與〈鄰居〉、〈玉蘭花〉階段明顯不同，人物離開了東京，也離開了傳統宅院，親善轉為孤絕，甜美轉為苦澀，主角的精神與個性都略過，只談台灣人如何接受命運，在荒困的環境中與大自然搏鬥，堅忍以待，等待另一種歷史局勢的到來。

河原功監修的《台灣小說集》內頁，及呂赫若《清秋》復刻版書影，東京：ゆまに書房，二〇〇〇年。

呂赫若

一九四一～一九五一，本名呂石堆。台中豐原人。十五歲考進台中師範學校，一九三四年畢業分發新竹峨眉國小任教，一九三五年在日本《文學評論》雜誌發表小說〈牛車〉，聲名大噪。一九四〇年前往日本學習聲樂，參加東京寶塚劇團，深受日本文藝風氣啟發。兩年後回台擔任《興南新聞》記者，加入張文環主編的《台灣文學》。一九四三年以〈財子壽〉獲第二屆「台灣文學賞」。一九四四年出版小說集《清秋》，為日治時期台灣作家首次發行的單行本作品。「二二八事件」之後，創作最後的作品〈冬夜〉。參與《自由報》、《光明報》地下反抗工作，流亡台北石碇鹿窟武裝基地，相傳於一九五〇年遭蛇吻致死。《呂赫若小說全集》，林至潔主編，印刻文學，二〇〇六年。

皇民化運動：第二次世界大戰期間，日本對殖民地人民所推行的一系列同化政策。當時台灣總督府為了防止日本侵略中國時，促發台灣人的漢人意識而高唱「內台如一」，強烈要求台灣人說日語、穿和服、住日式房屋，甚至要求台灣人放棄民間信仰，廢除漢姓改成日本姓。並給予改成日本姓氏的「國語家庭」更多食物配給、教育資源、工作機會。皇民化運動也造成台語文系統式微，許多台灣作家也進行日語寫作，並在皇民化政策下創作。

巫永福：一九一三～二〇〇八，南投埔里人。明治大學文藝科畢業，他在東京與張文環、王白淵等人組織《台灣藝術研究會》，創刊文藝雜誌《福爾摩沙》。一九三五年考取台灣新聞社社會部記者，並參加台灣文藝聯盟。一九四一年加入《台灣文學》雜誌。一九四九年巫永福重新學習中文，成為戰後跨語書寫的文學作家。一九七八年接任為台灣文藝雜誌社發行人。《巫永福全集》，沈萌華主編，傳神福音，一九九六年。

《台灣公論》：一九三六年日人在台創辦的綜合性期刊，探討政治、社會、軍事、文化等議題。曾連續刊載一系列台灣各地鳥瞰圖，遍及基隆、台北、新竹、台中、台南、高雄、屏東、台東等地，為當時台灣的街景風貌留下寶貴記錄。

文獻索引：

〈牛車〉，一九三五年一月日本《文學評論》二卷一號

〈婚約奇譚〉，一九三五年七月《台灣文藝》二卷七號

〈鄰居〉，一九四二年十月《台灣公論》

〈玉蘭花〉，一九四三年十二月《台灣文學》四卷一號

〈清秋〉收錄於同名小說集《清秋》，台北：清水書店，一九四四年

當用日記
新制定の国民服
新体制下の會社、工場、外出用、通勤用に理想的な新制定の国民服を御奨めします、得難き優秀破格奉仕品……
甲號型
乙號型
◆甲號上下一組
三九円八〇
甲號型は禮装用と平常着の何れにも適します
生地……絹毛交織の仕立入念の上衣総裏付長ズボン付色は國防色
◆乙號型A上下一組
一四円八〇
生地……麻絹交織國防色裏ナシ長ズボン付、丈夫一點張の入念仕立
◇乙號型C上下一組
二九円〇〇
生地……絹毛交織國防色上衣総裏付長ズボン付習作ある入念仕立
◇御注文際には御身長胸囲を必ず御記入下さい
御注文に就て
一代金引換の取扱ひは一時停止されましたから、品代金は前金にて御願いたします、書留小包料無料で御送附致します、御送金は振替口座へ御拂込が最も完全です
全國送料大奉仕
兒玉国民服店
名古屋市中區老松町三丁目
振替名古屋三六一七〇番

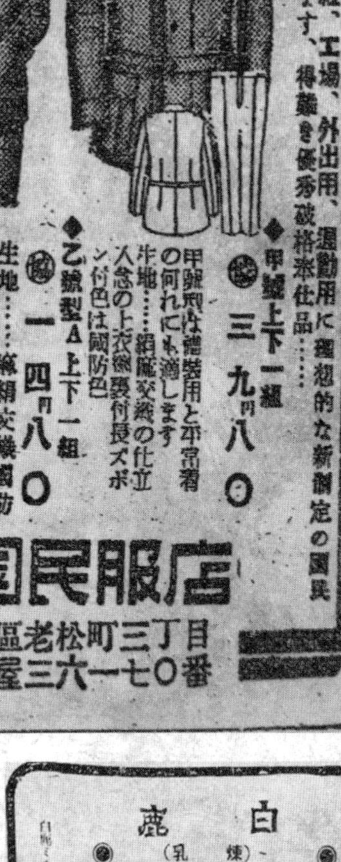

春季特輯號

文学

還鄉路上

鍾理和在一九四六年春天，從天津搭上難民船，回到了台灣。在這之前，他帶著平妹，在北平住約六年，生了長子鐵民，夭折了一個女兒。歸鄉船上，平妹肚裡懷著他們的次子立民。

歸鄉後，一連串苦於生計與疾病的生活，在一九五六年以《笠山農場》獲中華文藝獎金之前，他雖然斷續寫著作品，但幾無刊出機會，唯一一篇是〈野茫茫〉，寫的是次子立民病逝的哀痛。

得獎之後，文章漸漸有地方登了，密集刊出是一九五九、六〇兩年，林海音主事的《聯合報》副刊。其中有篇〈還鄉記〉，主題很大，讓人慎重其事準備要讀，可讀沒多久，小說戛然而止，使我錯愕，懷疑自己是否漏頁或拿錯了版本。

後來又讀鍾理和其他文章，發現突如其來的收筆似乎是他的特色。許多結束匆忙，沒頭沒腦忽然喊卡的篇章，有種「暫時寫到這裡」的意思，但把各短篇合併閱讀，時間因果有了連綴，比如〈竹頭庄〉、〈山火〉、〈阿煌叔〉、〈親家與山歌〉就常被稱為〈故鄉〉四連作。同樣關於故鄉，〈還鄉記〉並不怎麼適合放進上述系列，放進去，亦不能解我對小說收筆之謎。

開場是鍾理和擅長的景物素描，還鄉路很直，很平，牛隻不急不慢拉著還鄉的家當。偶遇人招呼：「阿財哥，回下庄去哪？」主角便山歌般唱和：「嗯，回下庄去。」小調小景暖場，彷彿後頭還鋪陳著多長多密的故事。

萬事莫如回家好，這當然是阿財歸鄉的願望。可這小說又寫得靜，低低的不尋常。為什麼，這一家人默不作聲地走著？為什麼，三番兩次提示放在牛車頂端的雞籠動靜？我在這溫暖的主題感到了懸疑，好像鬼故事般，藏著點什麼不知道的東西在沉默裡。

即將抵達故鄉之前，小說在山腳下略事休息。放眼前去，是段又寬又長的河道，是歸鄉路最難走的一段。

在這裡，人歇息，讓牛吃點青草，偏偏稚齡女兒把那窩雞兒給放了出來，吱喳吱喳，四散驚惶奔走，母親和兒子四處抓雞。這場面，使人以為小說走到了要興波浪的時分，孰料接下來不到兩百字篇幅，雞隻回籠，牛重新套上轡繩，又是不急不慢，又是一家子默不作聲走著。

於此，小說停止。

故鄉還有多遠才到？回去之後又是怎樣？

一個字也沒有。

小說到此篇幅約三千多字，可是，創作期間鍾理和給鍾肇政寫過信，他明白說寫了〈還鄉記〉約九千字，但還想改改。

這點發現，稍微解開我的困惑，原來故事真不止這三千多字。只是，另外六千字去哪裡了？難道鍾理和一改就改掉了六千字？或有什麼編輯問題？至今我仍無答案。

〈還鄉記〉的自傳色彩並不濃厚，與其說鍾理和要寫自身歸鄉經驗，不如看成他真是想寫一個出外人的回鄉故事。小說裡，關於阿財在外地的心情，寫得非常之好，不過，因著什麼緣故，歸鄉後的故事，鍾理和收筆沒寫，或是，刪掉了。

所謂寫作反映真實。這個真實，並不單是反映眼見的真實，還有抽象、多義的真實，在最好的情況裡，文字書寫所觸探，打光出來的真實，不僅讀者不可見，作者也未必全部知曉。

還鄉路，愈來愈近，卻也可能愈來愈難走。鍾理和的故鄉，既愛且怨，是當年與妻奔逃而出的傷心之地，曾經立誓永不要再見的地方，如今，真歸來了，又怎樣？萬事莫如回家好，遊子心情，他太明白而寫得好，可是，歸鄉後的生活，百感交集，〈故鄉〉四連作已點出農村風貌變化，就連人性也有些令人心寒了。接下來，還有什麼更殘酷幽微的在等著呢？是他寫不下手嗎？倒是預言似地寫了那窩四處驚亂跑跳的小雞。

還鄉路的未完成，使得「還鄉」這個概念，霎時間變得非常豐富而詭祕。小說戛然而止，在這時，也宛如一把暗箭，靜靜射向了我們的內心。

鍾理和與妻子鍾台妹，攝於一九四〇年。圖片提供：鍾理和文教基金會

少女的乳頭

鍾理和回台不到半年，染上肺疾，一九四七年初咳出血來，北上台大醫院治療。恰遇二二八事件爆發前後。人在病房裡，隱約聽見醫院後方傳來一連串怪似鞭炮的聲音，也看見街道上驚惶亂跑的人群。下午三點，鍾理和走到醫院門口，看到幾個學生抬著死屍進來：一個十五、六歲的少年。他在日記裡留下這樣的印象：「子彈是由左胸乳邊入，左脅出。入口有很深的、看著就像一個黑洞的傷口，出口則拖出一顆小肉團貼在那裡像一個少女的乳頭。」

少女的乳頭，這個詞，忽地對我構成強烈的衝突，閱讀當下湧上許多雜亂感覺。這幾個漢字，一下子帶出太多意象。少女的乳頭，按理來講，難道不是應該出現在別的情況嗎？清麗的、色欲的、羅莉塔似的象徵；少女的乳頭，青春正好，不容玷汙。可是，現在，她卻被形容於一個死屍，一個皮開肉綻的彈口。

這真是一個叫人打冷顫的形容。我再一次被鍾理和看似純靜，實則火山般難以預料的心靈給嚇了一跳。直視死亡殘酷、醜陋之際，他竟湧起那樣一個混雜美麗與恐怖的比喻。對比整椿事件，一個含著純潔的象徵，瞬間就這樣被血與死給搶奪、挪用了。

當時鍾理和所在位置，彷彿颱風眼，外圍風暴滿天，醫院內氣氛詭異。白天，傷者與屍體不斷湧進，外頭事態消息也跟著低聲謠傳：誰打誰，打得怎樣，又燒得怎樣。聽說菊元百貨公司的高檔貨就這樣整批燒了，婦人們禁不住發出幾聲嘆惜。夜晚，醫院大門關上，從病房外望，全街有如死市，沒有星月的夜，新公園樹影黑漆漆，「一個個都像藏著無窮的恐怖。草木皆兵蓋有如此。」

翌日清晨，暴動還沒蔓開之前，「柏油馬路上有二隻斑鳩，從容不迫的在踱著方步。」

三月一日：時陰時晴。

三月二日：陰沉低壓，亂雲飛舞。

僅僅三日，病人鍾理和留下大量速寫，有些臨時沒有紙張，就倉促記在藥袋上，心緒之震驚與激動可見一斑。

值此時局，治病也難，鍾理和南返，辭了教職，搬回美濃養病。

過半年再度北上，這次進了專門醫治肺結核的松山療養院。院外二二八餘波未平。住到第二年，傳來弟弟和鳴被捕的消息。和鳴自小和他親近，同宿同讀，是最早看了他的習作，鼓勵他寫小說的人。他不是義無反顧跑到中國去參加抗日戰爭，怎會如今反倒被捕呢？

無窮的恐怖。草木皆兵。回頭看，這些預感竟都寫準了。鍾理和重病在醫，該說是禍是福？一九五〇年，他給妻子寫好遺書，交代子女勿再踏上文學之路，閉眼接受手術，切掉六根肋骨。醒來張眼，半條命，竟還活著。秋天，十月二十一日，他總算出院。然而，七天前，和鳴，被槍決於馬場町刑場。

據說，開了三槍，都在胸膛。

想起台大醫院見著的那具屍體。少年時的和鳴，也曾住過那間醫院，他在那兒邂逅了愛情。後來的和鳴，改名浩東，那麼理想，那麼乾淨。

「宿命的島嶼，由尾巴倒提起來，你瞧瞧吧，它和一條白薯沒有兩樣。」才在幾年前，鍾理和把台灣形容為白薯，竟又是說準了嗎？文章最末，他這樣寫：

白薯是不會說話的，但卻有苦悶！

秋天是風雨連綿的季節，而白薯，就是在這時候成熟的。

仔細別讓雨水浸著白薯的根。如此，白薯就要由心爛了起來！

此後十年，野茫茫，天已下起霏霏細雨，陰霾和冷漠籠罩人間。鍾理和給次子哭墳，為弟弟心痛，想起往昔和鳴常給自己寄文學書，夜讀《梵谷傳》，感念兄弟，日記兩天連呼：「啊啊！和鳴，你在哪裡？」

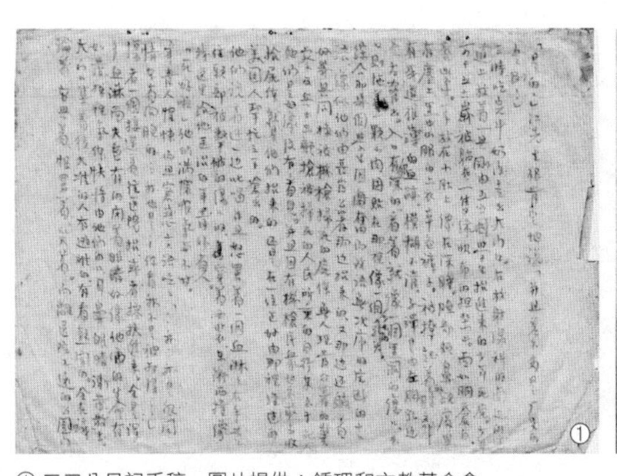

① 二二八日記手稿。圖片提供：鍾理和文教基金會

② 鍾理和的藥袋，他把二二八事件看法的記錄在藥袋背面。圖片提供：鍾理和文教基金會

結核病

鍾理和死前兩年，第一次給林海音寫信，慚愧自己沒有受過良好教育，在北平的時候，「堅定了要做一個文藝工作者的決心」，發憤讀書，他推測自己罹患肺病，與那幾年間過分用功約莫有些關係。

這兒說的肺病，指的是結核菌引起的傳染病，尤以肺部結核最多。在二十世紀中葉對症下藥之前，肺結核屬於難治之症，致死率極高。患者往往虛弱消瘦，時熱時喘，治療只能補充營養及隔離療養，又因患者不乏藝術、貴族階級，肺結核竟逐漸轉成一種地位高雅、情感浪漫纖細的象徵。十九世紀的歐洲小說，時不時有病懨懨的男女主角，臉頰潮紅，情節激動處，突如其來一陣心悸、胸痛，甚或咳出一口血來。

結核病亦曾在日本社會蔓延。明治、大正文壇病例尤多，深具才華的樋口一葉寫不到兩年便因此病去世，同期作家德富蘆花的《不如歸》也有個肺病女主角，病容嬌弱纏綿，結核病的淒美化大約從此開始。

《不如歸》當時頗為暢銷，就連台灣也有不少讀者，朱點人的小說〈紀念樹〉開場，患了結核病的台灣女教師，正是倚著床欄看《不如歸》。同期台灣文學還有不少結核病故事，除了龍瑛宗〈植有木瓜樹的小鎮〉將病徵與知識結合，王詩琅〈青春〉寫到療養院，其他多數和貧窮、過勞與營養不良連在一起，可以說，殖民地台灣的肺病與階級優雅差得很遠，小說裡咳出血來常常都是控訴，無奈的死亡哀歌。

說來巧合，〈紀念樹〉發表的這一年，台灣成立了結核預防協會，算是開始跟進日本內地，正視結核防治。此前，醫療措施消極，唯一療養院設在錫口，後來改稱松山療養所，鍾理和就是住在這兒。他在二二八風雨之秋入院，很長時間徘徊生死邊緣，後來靠著鏈黴素，又做了兩次胸腔手術，才得以在三年後出院。離院時，他少了六根肋骨，剩下半個肺，多出來的是，病與死的感觸，兩三篇手術台與病友的故事。

〈楊紀寬病友〉，是個徹底奉行醫規，端端正正，整整齊齊的人。面對被病纏住不放的命運，他握住自己，也握著妻子的手說：我們要忍受，忍受下去。

〈閣樓之冬〉，邱春木，神經質，焦躁，敏感，時時纏著醫生問這個、要求那個。醫生有時笑，有時曖昧。「老鍾，你能告訴我嗎？你看我能好嗎？」邱春木抬起眼睛定定地看著他。

鍾理和寫了病友境遇，也錄下醫療現場，幾乎無從修飾的血、食欲、呼吸、體重，大便顏色，攸關性命的瑣瑣碎碎。在醫院，怎樣魯鈍的人很快也會明白，死神每天都到醫院巡個幾圈，點幾個人，這人才拉了點希望，另個人可能已沉下去。人們彼此說來說去，總說：（慢慢會好的）。那些垂死之際，病者與家人的打算，都早已明白了：（他退院的決心是悽愴的，悲涼的，沉痛的，他為什麼回家，那意義已經十分明顯）；（醫生囑咐說：大概無需打針了，最好他想吃什麼就買什麼給他吃，讓他快活快活。）

鍾理和筆下沒有魔山，也沒有輕井澤，只是陽春地用小學生的筆記本寫〈病床六尺〉——語出另一位結核病人正岡子規：病床六尺，就是我的世界，六尺對我來說恐怕還過於寬廣，病情極端苦痛時是動也不能動的——鍾理和的病院日常，人人想從死路找一條活路，手術台就在眼前。這些文字看似平常，卻全是切身的痛。

「一端是病，死纏不放，一端是美麗的活動著的人生，不斷招手，人，便挾在當中，進不來，出不去。」這是他自己的日記。

「不要為我難過，老鍾，我們要快快活活分開。」這是邱春木跟他死別的話。

「快來呀！快來呀！」這是他術後醒來，迷迷糊糊聽見的喊聲。腳步急亂踏過病室門前，他內心明白過來那是什麼。哦！紀寬，你竟這樣死了！

餘下他得以走出療養所，然而藥費驚人，一場病散盡家財。他依舊寫字，依舊無處可刊。給林海音的信上，他說已經與世隔絕。幸好還有《文友通訊》，幸好最後兩年，世人終於知曉他寫字。

就可惜連鍾肇政也來不及見，匆匆走了。給林海音的信，他這樣收筆：「我們這批文友本粒粒幼芽，倘無人特別照顧，則其難立足於今日乃極自然之事。此後尚祈不棄多予照顧，使毋不及長而枯萎則萬幸矣。鍾理和敬上」。

〈病床六尺〉手稿筆記。
圖片提供：鍾理和文教基金會

正岡子規：一八六七～一九〇二，生於日本愛媛縣松山市，創作俳句、短歌並致力於革新，明治文學代表人物。一八八九年被診斷出肺結核，以「杜鵑啼血」之杜鵑同義字「子規」為號創作。一八九五年擔任甲午戰爭隨軍記者，病況加劇，餘生在病榻度過。《病床六尺》以日記形式冷靜凝視自身病況與精神，直至過世前兩天停筆。

鍾浩東：一九一五～一九五〇，鍾理和同父異母的弟弟，妻子蔣碧玉為蔣渭水的女兒。一九四〇年赴中國參加對日抗戰，四六年返台擔任基隆中學校長。二二八事件後加入中國共產黨，四七年九月成立中共「基隆中學支部」，四八年籌辦中共地下刊物《光明報》，隔年八月被抄，鍾浩東被捕，五〇年被判死刑，魂斷馬場町。

《文友通訊》：一九五七年由鍾肇政發起的小型文學刊物，為戰後第一代台灣作家發表作品，相互討論、傳閱、聯絡感情的去處，每月一期，僅維持一年四個月。主要成員有陳火泉、廖清秀、鍾理和、李榮春、施翠峰、許炳成等人。

鍾理和

一九一五～一九六〇，生於屏東高樹。一九三八年赴滿洲奉天（今中國瀋陽）學習駕車技術，一九四一年舉家遷往北平（今中國北京），一九四五年由北平馬德增書店出版第一本書《夾竹桃》。一九四六年三月返台，隔年因肺結核住進台大醫院，見證二二八事件。病情趨穩後，返回美濃專事寫作，直至一九六〇年修改文稿時，肺病復發、吐血而死，文友陳火泉稱之為「倒在血泊裡的筆耕者」。重要作品有長篇小說《笠山農場》、「故鄉」四部等。《新版鍾理和全集》，鍾怡彥主編，高雄縣政府文化局，二〇〇九年。

鍾理和紀念館：高雄美濃是鍾理和人生最後十年的住所，鍾家後代也在此生活，作家紀念館坐落於美濃尖山。一九八三年正式落成啟用，為台灣首座平民文學家紀念館，由鍾理和文教基金會經營。

文獻索引：

〈還鄉記〉，一九六〇年六月十六日《聯合報》

鍾理和、鍾肇政《台灣文學兩鍾書》，草根，一九九八年

紅顏少年

龍瑛宗曾以「紅顏少年」來描述他對葉石濤的初見印象：一個娃娃臉、臉色紅潤有神的十八歲少年，對比一九四三年的決戰氣氛，這真是一個難得，也是最後的華麗名詞。葉石濤自己也說，日治時期家庭環境優渥，他備受寵愛，一個月花十幾塊錢買書是常事。他是最受日本軍國主義教育，鼓吹為天皇犧牲的世代，可葉石濤初試啼聲卻是兩篇幾乎聞不見戰火煙硝的小說：〈林君寄來的信〉、〈春怨〉。

在日本殖民統治宣告終結之前，葉石濤可說是台灣小說界冒出來最後一株新芽，他去了台北，在西川滿主持的《文藝台灣》雜誌社做助理，見識日人作家的優雅生活，會見當時文藝人物，親手接下陳火泉的話題作〈道〉，被捲入「糞現實主義」論爭。紅顏少年的文學初旅不光只有浪漫，還有現實的磨練，他回憶那段生活，成天淨是校對、跑腿，邋遢得很，「人家都說我是紅顏美少年，如今，我倒像一隻落湯雞。」台北濃厚的殖民情調，和他生長的府城有些不同，文壇似乎也不只是藝術至上那樣簡單。

一九四四年六月，他帶著不如意回到故鄉，改當小學教員。冬天來臨，神風特攻隊的名單開始出現在報紙上，時代走向瘋狂，在瘋狂時代裡試圖思考的人是艱困也是悲哀的，這個日治末期的文學信徒，因戰爭而家道中落，沉潛收起他的筆，被帝國徵召當了最後的二等兵。

如果不是戰火終結，他未必能解甲歸鄉，重新登入文壇，以日語搭橋，短短五年，又寫又評，活潑引介外國思潮，創造了一個文字高峰。

如果不是因為「知匪不報」下獄三年，他不會再度停筆。這一停就是十四年。語言青黃不接，政治黑影跟隨著他，備嘗寂寞刻苦生活。

如果不是寂寞刻苦，測驗不出他對文學的鍾情。六〇年代後期，他以中文重新出發，有小說，有評論，這次評的不是外國文學，而是為他失語的文學前輩，為無人聞問的同代作者，他開篇便提了說法：〈台灣的鄉土文學〉。

如果不是後來掀起了鄉土文學論戰，他或許不必形同使徒，繼續建構《台灣文學史綱》。

如果不是《台灣文學史綱》完成，他便不能自由自在回到寫小說的自己，回顧紅

擔任小學教師時期的葉石濤。圖片授權：葉石濤家屬

顏少年走過的一生。

一個如果接著一個如果，構成了我們所看到的他的生涯。似是偶然，又有必然。偶然的是時代捉弄變化，使他到達今天的位置，必然的是他始終相信寫作如勞動，孜孜不倦地寫。人稱葉老的葉石濤，總不斷在寫文章，讓人分不清他到底寫過幾本書。他常消遣自己是同代作家最受鎂光燈眷顧的一位，然而，屢次見他拖著老身子出席各類場合，與其說他收割了所有榮耀，毋寧感嘆他至今仍為同代作家負載著沉重的責任，未了的正義，一而再，再而三，講述關於那些湮滅年代、亡去友人的點點滴滴……

當初的紅顏少年，如今已從十八攀過了八十，娃娃臉依舊，變的是人生境遇，從世家阿舍到陽春教師，從家族浩繁到人丁稀落，從纖細敏感轉成了滑稽辛酸。漫長的人生，說不盡的故事，他說的不能只是他一個人的事，還得是更多人的事。說完之後，他總去搭那班回左營的慢車，曾經孕育他的時代已經退得很遠很遠，他最後擠上的文學列車也愈見凋零，空空蕩蕩，他被留下來做一個時代的詮釋者，看似獨享了特權，實在也是極端孤獨的。

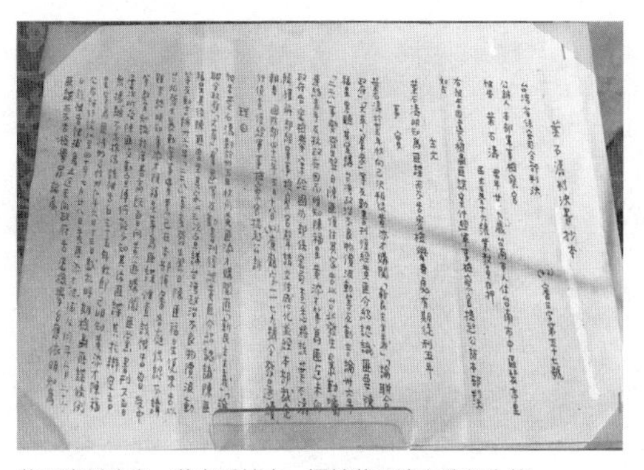

葉石濤判決書抄本

台灣省保安司令部判決

主文

葉石濤判決書，葉老手抄本。攝於葉石濤文學紀念館將葉石濤青春時代所寫的小說，與他的戰後評論對照閱讀，風格變化甚多。最早的〈林君寄來的信〉、〈春怨〉兩篇小說，講的都是模糊的愛慕，因情而造文，抒情風格格不入於當下時空。戰後政權更換，多個短篇仍師承文學入門導師西川滿，穿梭歷史事件釀造異國情趣，具有濃郁的美意識。

美的追求，對青春文學來說是常見之事，比較令人詫異的是時代荒蕪，葉石濤仍有能量鋪排華麗想像。反倒後來歷經政治下獄、窮鄉僻壤的流浪教師等極限狀態，葉石濤筆鋒一轉，寫起簡素的文學評論。

簡素，可能與日文到中文的轉換有關，但更明顯的理由是那些文章裡清楚地放置了一把尺，度量別人更度量自己。那把尺，總地說來，屬於現實主義：文學應背負反映現實，分析並改造社會與生活處境的使命。從這樣的觀點來看，此前他所寫的色彩華麗、有著逃避傾向的文學是不被鼓勵的。

這樣一把尺，說來或是殖民地文學經常形成的標準：當現實的窘迫、政治的管制橫掃人間，文學被挑選出來作為一種方式，對被損害的人生給予慰安與力量。戰前台灣文學無論力量強弱與否，一個現實主義的傳統是存在的，許多作家都在現實主義大旗下，對自己的文學做了反省與突破，最早的賴和如此，後來日本語世代的楊逵如此，張文環如此，龍瑛宗亦如此，就連翁鬧，也曾以不同筆觸，寫過底層人物的悲喜劇。

對形形色色的作家來說，現實主義是一個金箍罩，也是一張靈魂的試紙。當整體的悲劇凌駕了個人的悲劇，小說家尤不能免於靈魂拷打，想探究來龍去脈，並為之譜寫一曲鎮魂歌。戰後，葉石濤結束了紅樓夢般的脂粉世家生活，面對沒落人生，面對他在戰前親眼見過的一整批文化人士的損害與斷滅，他的筆下雙軌並行：一邊是數量龐大的小說與隨筆，追憶逝水年華，不斷重述童年、府城、放逐與寫作；一邊又執起嚴格的現實主義之尺，爬梳過去的台灣文學史，評論他人同時不忘時時檢討自己的階級屬性、思想上的弱點。

不過，評論家葉石濤似乎從來沒有能夠真正完全征服、驅逐過小說家葉石濤，當年那個十八歲少年的浪漫、唯美，從來沒有真正衰老消失。取而代之的現象是，他的

葉石濤文學紀念館

字裡行間，常有一個清醒的我批判著另一個想像的我，不能放棄的藝術與不能忍受的踐踏，兩者之間反覆折衝……

總說自戀、耽溺是創作的本質或動機，這種說法並不算錯，太平盛世，耽溺亦是無妨的。但若殖民地總擺脫不了弱小與無能，那麼，殖民地作家早晚得磨出堅韌，面對險惡現實，尋找美好藝術與哀陋現實的相互表現。寫作，在此時，常常不全是放縱自己所能寫，而是如何以自己所能寫，去寫那應寫的；寫作無法止於陶醉，而成為理性和感性的辯證，終生的勞役，負軛之人。

《文藝台灣》：日治時期最長壽的文藝雜誌，自一九四〇年一月一日至一九四四年一月一日，共發行三十八號，屬綜合性文藝雜誌，精美的裝幀和插畫是一大特色，曾辦理台灣第一個文學獎項「文藝台灣賞」，首屆得主是周金波。一九四三年，西川滿在「台灣文學決戰會議」宣示將《文藝台灣》獻給國家，《台灣文學》主編張文環也在場，後來兩雜誌先後停刊，一九四四年五月，再由台灣文學奉公會合併發行《台灣文藝》。

糞寫實主義：一九四三年因太平洋戰爭爆發，皇民化手段更趨深化，西川滿「糞寫實主義」一詞，抨擊台灣作家是「扒糞式寫實主義」、「虛假的人道主義」，借用葉石濤之名發表〈給世外民的公開信〉，點名張文環、呂赫若的小說缺皇民意識。張文環、吳新榮等人提出反駁，楊逵以筆名伊東亮在《台灣文學》發表〈擁護糞寫實主義〉，兩方陣營引爆激烈文學論戰。

葉石濤 

一九二五～二〇〇八，台南人，小說家兼評論家。一九四三年至西川滿主編的《文藝台灣》擔任助理編輯。一九五一年因白色恐怖入獄，一九五四年獲釋，自入獄起沉潛近十五年，一九六五年才以小說〈青春〉、評論〈台灣的鄉土文學〉重返文壇，改以中文寫作，並為台灣文學作家與作品做評論。解嚴後將二二八、白色恐怖經驗轉化成小說《紅鞋子》、《台灣男子簡阿淘》，一九八七年出版《台灣文學史綱》，是台灣第一部以本土觀點撰述的台灣文學史著作。《葉石濤全集》二十三卷，彭瑞金主編，國立臺灣文學館、高雄市文化局，二〇〇八年。

葉石濤文學紀念館：二〇一二年，台南市文化局將葉石濤文學紀念館設於市定古蹟山林事務所，一樓展有葉石濤的生平、著作、手稿等，另有作家筆下的府城文學地景專區，二樓則重現了葉石濤書房，輪播葉石濤紀錄片，也安排不定期展覽。

鄉土文學論戰：台灣文學史中的「鄉土文學論戰」至今發生過兩次，分別於一九三〇年代和一九七〇年代，本篇所指的是後者。戰後歷經反共文學、現代文學，書寫鄉土的作家如陳映真、黃春明、王禎和等在七〇年代逐漸形成台灣文壇的新勢力。一九七七年王拓〈是「現實主義」文學，不是「鄉土文學」〉期望將鄉土擴充成書寫現實的鼓吹，引爆了銀正雄「工具化」和朱西甯「地方主義」的批判，論戰正式引爆，葉石濤〈台灣鄉土文學史導論〉則引來陳映真觸及台灣和中國意識的討論。原本只是文學與社會關係的討論，因涉及政治與意識形態，引來國民黨官方介入，最終在強硬「反共愛國」的政治力下，畫下休止符。

西川滿：一九〇八～一九九九，生於日本福島，曾任報刊編輯，詩、小說為主要創作，一九一〇年舉家遷至台灣，一九二七年返日求學，取得早稻田大學文學部法文科文憑後再度來台。一九三四年進入《台灣日日新報》創設學藝欄，並自行成立媽祖書房發行雜誌《媽祖》，一九四〇年起擔任《文藝台灣》雜誌主編。戰前活躍於台灣文壇，顯露對台灣民俗和歷史的高度興趣，追求浪漫耽美的文學風格，代表作品有詩作〈媽祖〉、小說〈赤崁記〉、〈台灣縱貫鐵道〉；戰後遣返回到日本，不少文學創作仍以台灣為舞台，曾以〈地獄的谷底〉入圍日本直木賞。

文獻索引：

〈林君寄來的信〉，一九四三年四月《文藝台灣》五卷六號

〈春怨〉，一九四三年七月《文藝台灣》六卷三號

いか。君も知つてゐる通
長した。何故ならば父母
だが父の家は今も龍崎に
つゝましい寂しい生活を
んだ。もつとも僕が逢ひ
行かうと決心した日になる
のだ…。でつい懶くなつち
持つてゐるだらうから一概
は手紙で燈節(上元)の前日
所が悪い事には君も知つて
伯父が何か用があるといつ
の恩があるし、どうしても
に君は龍崎のごく附近に住
から僕の代りに祖父を慰め
る。何分祖父はもう老體だし

葉石濤寫作年表

歲　十一月一日(陰曆九月十九日)生於台南市打銀街，古稱四平境葉厝，父葉敦禮，母林志治。為其長男。

歲　畢業於末廣公學校。考入台南州立第二中學校（今台南一中）

六歲　中學三年級時寫作第一篇日文小說「媽祖祭」，投稿於張文環主編的「台灣文學」，雖入選為佳作，但未獲刊登。

七歲　同年寫作第二篇日文小說「征台譚」為獨白體小說，投稿於[illegible]日人西川滿主編的「文藝台灣」，雖未獲刊登，而濃烈的鄉土色彩為西川滿所矚目。十二月大平洋戰爭爆發。

九歲：三月，畢業於台南州立台南第二中學校。四月，第三篇日文小說「林君寄來的信」，發表於「文藝台灣」（第五卷第六號），同月，赴台北應聘為「文藝台灣」社助理編輯，社長為日人作家西川滿。負責編輯「文藝台灣」及料理「日孝山房」出版社事務。七月，發表日文小說「春怨」於「文藝台灣」（第六卷第三號）

二十歲　六月，辭去「文藝台灣」助理編輯工作，回台南，任立人國民學校教師。

二十一歲　二月，被日人徵召入營為陸軍二等兵。八月，日本無條件投降，台灣光復，退伍回鄉，仍任立人國民學校教師。

二十二歲　同日文撰寫多篇短篇小說和隨筆發表於龍瑛宗主編的中華日報日文版「文藝」欄，計有「[illegible]」「幻想」「[illegible]」「[illegible]人」等。撰寫日文中篇小說「[illegible]」

翁鬧

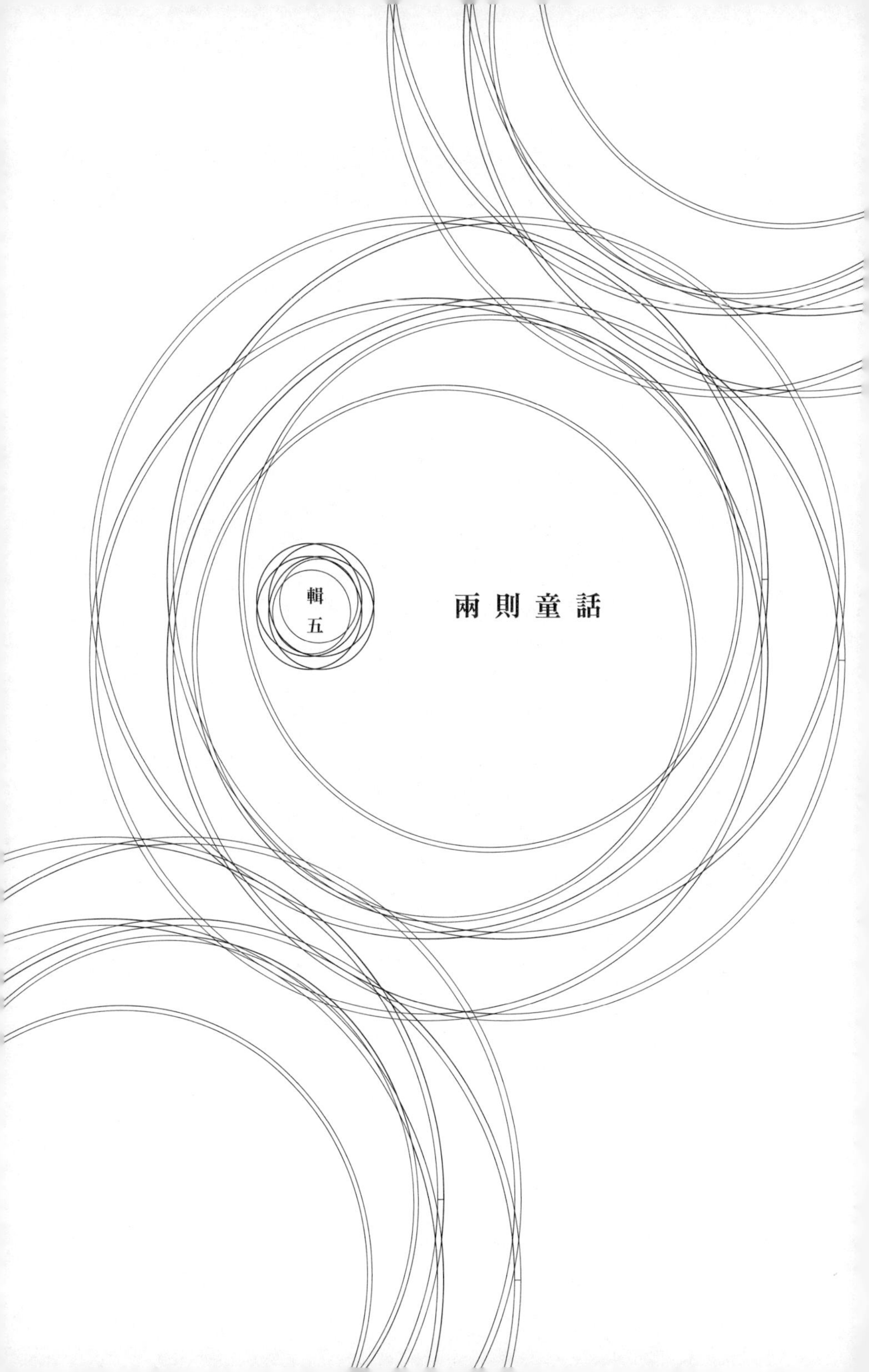

輯五

兩則童話

純真，及其黑夜

翁鬧的生年，一直沒有確實的數字，若以通論的一九〇九年來說，文學上有個巧合，太宰治也是這時代的孩子。

一九三二年，台中師範學校首屆招生，翁鬧通過不到百分之十錄取率，成為第一批台灣人學生。出身青森的太宰也在同年進中學，接著考進弘前高等學校。讀書對他們來說不是難事，但學校的規訓也管不住他們。過早萌芽的情欲讓他們的青春敏感又挫折。「從少年時代到過渡到青年的那段時間，」翁鬧在〈天亮之前的戀愛故事〉（夜明け前の恋物語）如此評斷：「真是心狠手辣。」

在同學回憶裡，翁鬧是個不安分、愛搗鬼的人物，行徑常讓人搖頭。除了音樂，其他課業不算特別傑出。師範學校畢業後，轉成公學校教員，但他志不在此，意興闌珊，學校好友吳天賞、吳坤煌，早幾年去了東京，熱心文化活動，這更使他想盡快完成教學義務，飛去磁鐵般吸引人的東京見見世面。

太宰的高校時期，適逢左翼時潮，所謂「見不得人的非法學生運動」他涉入不少，尤其是上京之後，簡直是個「純粹的政治家」，不過，要說這是理念實踐，毋寧是不願服從權威的青春性情，《人間失格》說得明白：「我喜歡這樣，喜歡那些人，但未必是因為馬克思而來的親密感」，而是「非合法。那使我感到一種內在的快樂。簡直令我心情大好」。

進入三〇年代之後，左翼檢肅運動全面展開，無論是太宰治，或來自台灣的張文環、吳坤煌都有進出拘留所的經驗，一九三二年在太宰更有所謂「自首事件」，簡單說，就是接受調查，簽切結書，宣告結束「非合法」，向內心反叛的快樂告別。說得精確點，這段時期太宰與戀人小山初代情事起伏，生活混亂，課業荒廢，「想要把自己現今的生活，用棍子打個粉碎。總之就是過不下去，於是便去自首了。」

「自首事件」的心緒，最早也最隱約的寫法，出現在一九三三年的〈列車〉，是第一篇以太宰治為筆名的作品。同樣這年，翁鬧發表了他的第一首詩作〈淡水的海邊〉（淡水の海邊に）。

〈淡水的海邊〉發表於東京的《福爾摩沙》雜誌，人在台灣的翁鬧寄稿到此，應是好友吳天賞活躍於這份雜誌的緣故。三五好友組成同人團體，分工編寫，也是當時文學圈常態，太宰早期好些普羅文藝氣息濃厚的小說與評論，就是這種狀況下產生。〈淡水的海邊〉不見時代風潮，但將海面波浪形容為數不清的小兔，跳著湧向前來，自由又純真的想像，帶來一種嶄新的感覺。

翁鬧實際抵達東京，《福爾摩沙》已經停刊，左翼運動星火潰散，他雖沒趕上這一波反抗，但也未必是損失。換個角度，理想受挫，文學藝術反倒成為精神出口而更加自由興盛，翁鬧落腳的高圓寺周邊，就擠滿了各色文人，見怪不怪，書鋪、食堂、酒肆、喫茶、女性戲弄，看似浪漫，實是嘈雜一氣。太宰前幾年的生活亦是如此，「自首事件」後他搬到荻窪，與高圓寺只有兩站距離，事實上，從高圓寺到阿佐ヶ谷到荻窪這三站，是昭和前期普羅文學受挫之後的文藝復興聚落，諸多年輕文人集居此處，包括太宰師事的井伏鱒二。

太宰的住處離井伏家只有十分鐘腳程，在街巷與翁鬧擦身而過也不是不可能。這時期的太宰，學業、情感、經濟都跌到谷底，抱著留遺書的心情，回顧過去寫了兩三萬字的〈回憶〉（思い出），但這一寫，反倒起了「索性全都寫出來吧」的念頭，其中一篇續作〈逆行〉，登載於一九三五年二月的改造社刊物《文藝》，這是太宰作品第一次踏出同人團體。

四個月後，同樣是《文藝》，年度懸賞創作入選發表，選外佳作欄目出現了一個名字：翁鬧，〈戇伯仔〉（戇爺さん）。

「不算老頭兒。二十五歲多一點而已。但確實又是個老頭。普通人一年一年過，這人是三倍三倍地過。自殺過兩次，沒成，其中一次是殉情。看守所進了三次，罪名是思想犯罪。寫了上百篇小說，一篇也賣不掉。」這是〈逆行〉的第一段。

「唐山的算命仙，說我活到六十五，就要草葉底下埋。今年我六十五，差不多要走了。可是如果你騙我，給你的五塊錢，可要還給我。」這是〈戇伯仔〉的開場歌。

兩個二十五、六歲的青年，吸引世人注意的作品，不約而同，借了落魄老頭的角色，但口氣又非老氣橫秋。〈逆行〉是心境絕望，自比晚年，挖苦著看回來。〈戇伯仔〉寫一個又髒又老的貧苦人物，糟衰到底卻還是認命安靜活著。

〈戇伯仔〉可能有意呼應當時的農民文學，置入許多台灣語彙，算是具體實驗《福爾摩沙》強調的台灣鄉土色彩（另兩篇小說〈羅漢腳〉、〈可憐的阿蕊婆〉（哀れなルイ婆さん）更直接以民間稱呼作為標題〕，儘管如此，翁鬧這類小說之所以出色，來自他個人獨有的筆觸，流暢而輕快，不被意識形態綑綁。即便鄉村狼狽黑暗，底層人物自生自滅，翁鬧的客觀描寫仍帶清新，輕手輕腳撫慰難以翻轉的命運。一個老戇伯廟庭燒金紙，俗民日常，甚至愚昧迷信，翁鬧兩句便寫成不同情調：「紙灰飄到空中，那就是神要帶走的銀錢了。」

再說故鄉，「寂寞不過無光茅屋中訣別時的／春日暮色，悲哀不過天空彼方望不見的／故土山巒」，這是翁鬧的〈在異鄉〉（異鄉にて），總是心靈存著什麼記憶才使故鄉顯出溫柔來。「多多多雷，咪咪咪雷，多多多拉梭」，這是什麼？清晨的音樂鐘，翁鬧的故鄉回憶充滿聲音，麻雀啾啾喊，紙窗漸漸亮。樹葉落下顫抖的聲音。風吹的聲音。夜裡老婆婆的床前明月光。山頭紙屑四散的白點，是數也數不清的墳墓。同樣鄉村景物，所謂台灣色彩，若說張文環把握住了自然生生不息的撫慰，最不懂人情世故的翁鬧反倒拾起了俗民生活諸多被忽略的風景，被踐踏的溫柔。

一九三五年是翁鬧發表稿量最多的一年，存著想要文壇出頭的強烈願望，除詩、小說、隨筆，也譯詩與評論，幾次文藝座談發言，眼界頗高，專講內行話。可是，就如同他自己在〈東京郊外浪人街——高圓寺界隈〉嘲諷的「萬國文藝青年」，作家夢並不容易成真。〈戇伯仔〉、〈羅漢腳〉、〈阿蕊婆〉這一系列以老人與小孩為對象的鄉土故事之外，翁鬧另一線〈殘雪〉、〈天亮〉，以成人為主角，滿是無法面對現實的苦惱。〈殘雪〉的林春生自我評述：「撇下權勢和名譽保證的文官高考，投入改造人心的戲劇大業，以至於淪落為人生中的小丑」。

小丑是太宰的常用字。〈殘雪〉的咖啡館女侍與家鄉戀人，也是太宰筆下常有的角色。林春生既對從北海道逃家的女侍喜美子有好感，又猶豫著是否該回鄉與以前的戀人計畫結局。這篇小說，奇妙地，與太宰的〈列車〉有些呼應，雖然翁鬧看過這篇小說的可能性微乎其微。

〈列車〉有兩名女性角色，一是上京來投奔戀人卻失望而返的テツ，一是主述者的妻，二者都有太宰戀人小山初代（太宰稱她為ハツ）的疊影。

現實的初代來自北海道，在青森以藝妓身分與高等學校時期的太宰認識。太宰上京後不久，把她叫來，但很快又被太宰長兄帶了回去。〈列車〉主場寫的正是這情況下的送別。另方面，太宰初次求死不成後，長兄替初代贖了身，讓她再到東京陪伴太宰，兩人在市郊過著沒有打算的年輕小夫妻生活。〈列車〉主述者與妻的關係幾乎等同於這段現實。

〈列車〉看似他人故事，テツ也被設定為朋友的戀人，但刻意寫淡的筆觸，卻有一股驅散不了的激情，埋至發車前刻，再無餘裕地爆發出來。那是對自己無能作為的悔恨，雜著退出同人運動的空虛。然而，主述者是否把握最後時刻，說清楚了什麼，卻依然沒有寫明。

〈殘雪〉裡的林春生什麼都設想到，又什麼也沒做出來。既不願對新歡表示心意，舊愛寄來的錢又忍不住收下一半。他明白自己「在人生的接力賽中敬陪末座」，也坦承自己優柔寡斷，無法面對現實。如何抉擇幸福？如何阻止不幸？北海道與台灣到底哪一邊比較遠？翁鬧留下資料太少，沒法像比對〈列車〉般看出小說角色與情節，故事裡的林春生心思反覆，做不出決定，索性哪兒也不去了。

「昨夜降下來的，恐怕是今年最後的殘雪，從屋簷重重地落到地面，後頭落下的就在前頭的雪上積疊起來。」

這個結尾看似抒情，細想卻可能是懊惱的。和〈列車〉一樣，對自己的不作為，無法作為，懷著寂寞與悔恨。

這是太宰與翁鬧的成人，不，更精確說，無法成人。能寫孩子，也寫老人，就是寫不好一個世間的大人。他們生活狼狽零落，傲嬌而害怕寂寞。不夠世故，恐懼世故。自負有時，自卑亦有時，他們的作品不是篇篇都好，在藝術裡自戀，但又的確存在天賦，一種模仿不來，不可期許的文學才華，發出截然不同的閃光。

太宰的〈逆行〉，合併另一篇〈小丑之花〉（道化の華），被推舉為一九三五年第一屆芥川獎的候選作品，這對自小傾心芥川龍之介的太宰來說，應該是件重要的事。可惜他沒獲獎。這一年終究以災難收場。二次自殺沒死成，命運還捉弄似地送他一場腹膜炎，醫生給他麻醉藥原來是為了止痛，他卻因失眠寂寞而用上了癮。

如此來到一九三六年，兩個年輕人似乎都被窮鬼追著跑。太宰為藥物耗光錢財，跟人低聲下氣借錢、在編輯面前痛哭流涕，什麼卑劣行徑都做過，前輩井伏鱒二看不下去，將他送進武藏野病院治療。翁鬧稿量也減下來，年初有詩：「在頭不能抬的嚴酷暴風雨裡／疲敝不堪的人正在搬石頭……」靈感抒情不知去向，是滿布石礫一首粗糙的詩。春天，他寫信給楊逵，說生了病，又說自己虛無，在事務上是個無能力者，只承諾「競作號的稿子我一定會寫」，還問清楚了截稿日期與字數……

這篇一定會寫的稿子，應該就是一九三七年初發表的〈天亮之前的戀愛故事〉。

「我想戀愛，一心一意只想戀愛。」小說開首兩句，就把殖民地台灣文學一路發展過來的，啟蒙進步也好，使命奮鬥也好，一股腦地丟在後頭，強烈的個人性凌駕了當時在意的民族、階級議題。對比前一篇寄稿給楊逵的〈羅漢腳〉，〈天亮〉語氣、文體相對率性，〈羅漢腳〉是男孩的天真，〈天亮〉是青年的苦悶。幾年東京生活流蕩下來，翁鬧此文無心守什麼章法，不重要，因為還有其他更重要的發現擁擠著要說出來。深夜的獨白體，擁抱少女的青春最後一夜，哀傷強作逗趣，文學的社會意識與私小說的界線在這兒被不在乎地攪混了。

三個月後，太宰發表了一篇比〈天亮〉還要任性的文體，題為〈HUMAN LOST〉。如果說〈小丑之花〉是〈人間失格〉的草率原型，那麼，〈HUMAN LOST〉就是中途慘烈的脫軌，距離最後絕望告別的〈人間失格〉，還有一段掙扎的路要走。

這篇文章是以前一年武藏野住院日記為底本，體例非常破碎，思緒跳躍，可以說驚人的混亂。太宰的憤怒與怯弱表露無遺。他說，HUMAN LOST是模仿PARADISE LOST的句型。他說：「希望讓比我更年輕的人能擁有自信，我振筆疾書。就算語言支離破碎，我，並沒有發瘋。」

太宰：「我，從未有一夜是為享樂而買下賣春婦。我是為了尋求母親才去的。我是為了尋求乳房才去的。即使帶上一盒葡萄、書籍、繪畫或是其他禮物，大概還是被蔑視。我那一夜的行為，若是懷疑，你，自己去問吧。我的住址和名字，全無造假。我並不覺得羞恥。」〈HUMAN LOST〉

翁鬧：「種種歸結起來，我更加覺得自己是個不適於生存的人。這是真的。打從很久以前我便一點一滴感覺到自己是個不適於生存的人，只是，這種感覺會在什麼時候累積到那個可怕的毀滅的極限呢，我不曉得，恐怕就在不遠的將來吧。」〈天亮之前的戀愛故事〉

兩個幾無實際遇合的人，在文學語言，竟有那麼多參差對照。〈天亮〉依偎賣春少女，求的是傾聽，不是享樂。〈天亮〉以生物交歡開場，從好奇到憤恨，對那歡愛正酣的狠心拆散。太宰〈回憶〉也說兔子種種，徹徹底底坦露自己的情欲躁動，學生歲月。〈HUMAN LOST〉通篇是對生存的懷疑，被飼養的金魚是活不久的，渴望愛。要說〈天亮〉是翁鬧的〈回憶〉，未嘗不可，〈天亮〉與〈HUMAN LOST〉在獨白囈語的呼應，更是讓人感到恐怖的程度。

「我實在是因為太尊重別人的意志，到頭來讓自己連意志這種東西也失去了。」

「我生來容易心軟，正因為這樣，我的行為反而加倍地心狠手辣。」

「對於我這樣的廢材來說，本來就沒有所謂理想或者希望那種體面的東西。」

「像我這樣意志與行為極端分裂的男人，妳應該還是第一次遇到吧。啊，我就這樣在妳身旁躺了一晚。我多麼想要把妳抱緊，卻做不到；我一點都不因此自豪，反而覺得羞慚——像我這樣窩囊的人只有被瞧不起，才算名副其實吧。」

這些話全是翁鬧。不是太宰。

沒有資料佐證翁鬧是否讀過太宰，不過，他們的文字確實有些相通。多短句，隨性，少雕琢。好的時候，行雲流水，愈不剪裁愈好，不可思議的靈感。不好的時候，顛三倒四，潦草帶過、宣泄多於藝術。兩人都說自己老成，可他們文筆之間，自始至終，彷彿總有一個孩子，懷念母親與女性的寵溺，未被玷汙的美好；也像孩子嘟嘴抱怨，以純真的目光，直指世人不想看見的事物。如同那個大家都知道的童話：小男孩從人群中跑出來，指著穿新衣的國王，哈哈大笑：「國王沒穿衣服，羞羞臉！」

天亮之後，遲遲不見翁鬧新稿，連人還在不在東京都無從確定。太宰繼續住在天沼，初代離開，故鄉金援中斷，更糟的是他寫不出來，寫了稿子也賣不出去。他不得不正視自己在世人眼裡的模樣：傲慢的無賴、白癡、下流狡猾的色鬼。「為了騙錢以自殺恐嚇老家的親人；像對待貓狗似地對待賢良的妻子，最後還把她趕出家門。世人或厭惡，或嘲笑，或憤慨，傳著各式各樣關於我的謠言，我已經全然被埋葬，被當作死人、廢人看待了。」

關於翁鬧的謠傳：恃才傲物，放蕩不羈，情感狂亂，搞砸工作也在所不惜。窮鬼不請自來，吃得人家鍋底朝天。還有非合法，浪人交遊，如果不想被他牽連就離他遠一點。

一九三九年初，太宰結婚，井伏鱒二是介紹人。太宰說：「要是又把婚姻搞砸，就把我徹底當作瘋子捨棄吧。」翁鬧也傳來動靜。夏天，《台灣新民報》開始連載他的中篇小說：〈港町〉（港のある街）。秋天，太宰在三鷹定居下來，翁鬧連載結束，再度無消無息。

翁鬧與太宰，或許由此分道。三十歲。太宰走向職業寫作，婚後寫〈奔跑吧！梅洛斯〉（走れメロス），是他最常被選入教科書的作品：奔跑赴死的梅洛斯，為了不讓朋友因自己而死，為了履行諾言，為了維護名譽。即使路途重重困難，也曾意志軟弱想要苟且偷生，但他終究趕在最後一刻抵達。當作好友的人質活了下來，更重要的是誠信，征服了懷疑者暴君的心，梅洛斯沒有死，也活了所有人。

這真是最好的結局，如果可能的話。原來太宰的願景，他的幻夢是如此。

三十歲的翁鬧呢？〈天亮〉把時間設定在三十歲的前一夜。「天亮了，我得趕快走了。」〈港町〉場景一轉，到了神戶。翁鬧於所展現出來對歷史的熟悉，對底層人性的了然，以及有意識的小說技巧，固然上了層樓，但是又有一絲陌生，彷彿不完全是那個孩子氣的翁鬧，彷彿翁鬧也有點老了。

小說連載一個多月，愈往後文句愈短，彷彿受著什麼追趕，情節架構雖有設計，敘事形容卻失之潦草，倉促交代。敏感的讀者應該會納悶發生了什麼事。然而，直到如今，沒有答案，勉強只有當時編輯黃得時留下文字：「最富潛力的翁鬧，以本作品為最後作品而辭世，真是本島文壇的一大損失。」

活下來的太宰，迎接了戰爭。說也奇怪，恐懼世故、放浪形骸的太宰，在嚴峻的時局裡，反倒按部就班度過。或許他膽小怯弱，或許他裝模作樣，這些詞他都常說。

無論如何，戰爭期的太宰走穩了作家這條路，語言題材都有轉變，評者稱為健康、明快的中期風格。

直到日本戰敗，神變為人，滿目瘡痍。誰還能按部就班，要有，亦是面目全非了。太宰文章忽然又像泡過酒似的，散發出難以捉摸的香氣。他寫了〈斜陽〉，回頭定案〈人間失格〉，然後，朝玉川上水走去。反反覆覆，為死而奔赴的人生。自年少初次偕人求死以來，那個始終糾纏他，穿梭他文學的「黑點」（她死了，而我獨活），這次，終於將他吞沒。

「我的後來者，請將我的死，盡可能地利用。」這句話，早在〈HUMAN LOST〉寫下了。

「許多想說的故事還充塞在我的胸口，」翁鬧的〈天亮〉：「如果還有再來的時候，一定再說給你聽……」

他沒有再來。台灣脫離日本殖民統治，不知死在異鄉何處的他，連同他的日語文學，很快被遺忘了。

① 太宰治一九三〇年代居住過的房子，位於東京杉並區天沼三丁目，後以「碧雲莊」為名保留，二〇一六年移建大分縣保存。圖片提供：達志影像

② 一九二三年，剛創立的台中師範學校，以台中公學校作為臨時校舍，翁鬧是第一批台灣學生。圖片提供：國家圖書館

天亮之前的戀愛

翁鬧是個異端，從台灣文學的邊緣掠過，沒有人能明確指認出他。靈光一閃的回憶，靈光一閃的作家，無論是殖民地的現實還是人生的現實，都阻擋不了他的綻放。

翁鬧與太宰治，是時代相同，性情類似，但在不同的階級位置，會有不同際遇，從而將性情與才華推向了不同的結果。

翁鬧與邱妙津，時代不同，性情是否類似也很難說，兩人寫作之路卻同樣悲劇以終。

他們的作品裡有一股相似的調皮之氣。調皮一詞可能不相襯於他們的悲劇，不過，正是調皮不受拘束的心眼，使他們對成人規矩嗤之以鼻。也是調皮，使他們的文字無暇剪裁，衝動太強，吞不下去，嘔吐也要滾出來。

「我想把自己所經驗的事，所想起的事等等，毫不誇張，也毫不歪曲地告訴你。」翁鬧〈天亮之前的戀愛故事〉

這是青春文學的一種。徹底的裸露。除了裸露，別無他法。有些情緒就是那麼強烈，那麼單純，沒法改變，不可替代。

翁鬧去了東京。妙津去了巴黎。都沒有回來。

他們出發的地方，卻是一樣的。

翁鬧生家在永靖，養家在社頭。妙津出生員林，童年在永靖念書。這幾個地方都在彰化，彼此緊鄰的鄉鎮，如今車行不過十來分路程。

在翁鬧的小說〈羅漢腳〉，一開場，羅漢腳看著只有一隻眼睛、肚子圓鼓鼓、胖呼呼，看起來很和氣的叔叔，問他要往哪裡去。

叔叔答道：「我要去員林喔。」

叔叔手提一只小小圓籃走遠了。羅漢腳心裡納悶：「叔叔那麼胖，怎麼能進那個小小的圓籃呢？」

這個諧音情節（員林的台灣話音，與圓籃近似），透露了翁鬧的在地氣息，也點出孩童天真困惑。雖然羅漢腳的父親和長兄，常挑著擔子到員林市場去賣東西，但羅漢腳只有五歲，沒聽過，也沒去過那兒。

翁鬧與妙津皆在十幾歲的年紀，離開了彰化。一個去台中念師範學校，一個到台北念北一女，兩所學校都不是那麼容易考取，但他們並沒有被阻擋下來。人們喜歡說他們有才華，可才華騷動也是苦惱，偏偏現實又重重戒備。翁鬧的〈音樂鐘〉寫到少年早熟情欲：「我羞紅了臉，在黑暗中感覺自己的臉頰上彷彿有火在燒。」

〈音樂鐘〉可說是翁鬧的愛情原型。一只鐘如何能發出聲音？早熟的孩子忍不住好奇把時鐘偷偷拆開來觀察，內部機械齒輪不停旋轉，竟然就這樣滑出了音樂。「簡直不可思議！」著迷的孩子每到祖母家，就在無人的客廳讓音樂鐘不斷唱歌，但若叔叔出現，孩子就會急著想讓音樂鐘停下來，偏偏，不知怎麼做才好。

輕描淡寫幾行回憶，把早熟情欲的遐思懸疑全給寫到了。

終於來到夏天，合該解救倒懸之苦的盂蘭盆節，親友相聚，已長成少年的主人翁，被分配與叔叔以及一位豐腴又爽朗的女孩，在廂房鋪床過夜。夜裡，少年慢慢把手伸了出去，「我只想稍微碰一下女孩的身體，如果女孩與叔叔都沒發覺，也未嘗不想輕輕將她抱在懷裡。」

可是，經過了一整夜，少年的手始終搆不著女孩的身體。「這時候——就在這個時候，音樂鐘唱起歌來，天亮了。」

從〈音樂鐘〉到〈天亮之前的戀愛故事〉，翁鬧人在東京，創作只走兩年，作品飛也似地處理這段「很長的時間」。〈音樂鐘〉的好奇懵懂，一轉成為〈天亮〉激動的開場白：「我想戀愛，一心一意只想戀愛。為了愛情，叫我獻出此身最後一滴血，最後一塊肉也在所不惜。」

激動近乎恐怖。愛情的癡狂。將自我的完整性寄託於愛情，渴望擁抱另一個靈魂相通的人。邱妙津從《鱷魚手記》到《蒙馬特遺書》，同樣只走兩年，同樣肇因於早熟的情欲，但更著魔地寫透了愛情的信仰。

〈天亮〉傾訴終夜，行動上卻始終無能擁抱傾聽對象，年輕的賣春少女。愛的自覺，帶來的只是苦惱，這個主題在《鱷魚手記》明顯不過，加上同性戀禁忌，痛苦被下得更深。兩個身分之間，熱烈如火的愛與愛慕，存在某些難以克服的根本性差異，牽制著主人翁的腳步。姑且簡化來說，在翁鬧，是殖民者與被殖民者的問題，在妙津，是性別問題，皆屬人類社會集體規範，《鱷魚手記》控訴：「毒源是全部人類為我種下的，他們全體以下毒的方式在那裡發出大合唱的鼓譟。」〈音樂鐘〉寫得毫不經意：「我們把音樂鐘放在枕邊睡下，那座鐘預計會在六點的時候叫我們起床。」

不被回應的卑微愛情，自我厭棄的負面感覺。〈天亮〉強行拆散交歡正酣、如癡如醉的鳳蝶，既是對愛的憤恨，又懊惱於自己的殘虐。翁鬧其他幾篇小說，人物多被設計帶著具體的殘疾。〈戇伯仔〉長年砂眼不癒，家人瘧疾纏身，就連飼養的雞也患著白喉。〈阿蕊婆〉像冬眠的蛇動也不動，精神病患若非像條狗似地睡在屋簷下就是被沉重的鐵鏈鎖著。〈羅漢腳〉也是輕蔑，指稱那些窮困潦倒、一無所屬的社會零餘人，「如果剃頭和吹喇叭是最低賤的職業，那麼羅漢腳和乞丐就是最被輕蔑的人種」，父母根本是「對人世不抱什麼期待，才給小孩取了這些黯淡無光的小名」。

同樣手法可應用在閱讀邱妙津的作品，尤其是第一本小說集《鬼的狂歡》。未能出櫃的同性情感，自我厭棄的罪意識，被轉嫁為各種不好見人的疑難雜症：腳底的雞眼、臉上的歪嘴，他們自感被人群或體制排擠，情感愈濃病處愈痛。同名小說〈鬼的狂歡〉以亂倫恐懼替代身體殘疾，更尖銳、更崇高地壓抑了愛欲；只有微微敲叩出櫃的〈柏拉圖之髮〉，得以脫離身體具體殘疾，但也因此轉向劇烈的心靈侮辱；這兩篇小說，後續交織展開，或許就成了《鱷魚手記》。

台中師範學校畢業，翁鬧來到員林公學校，履行教學義務。四十年後，妙津在這所學校附近長大。翁鬧教書並不愉快，一還完年限，便急急去了東京。五十年後，妙津台大畢業，完稿《鱷魚手記》，也急急去了巴黎。

東京、巴黎，離社頭、員林很遠，也比台中、台北大得多。他們最後落腳的區域，一在高圓寺，一在蒙馬特，都是城市邊緣，尚未成名的藝術家、貧窮的文學青年聚集之處。他們在這兒的生活未必平順，也不見得浪漫，但是，他們的文學在這兒有所解放，甚至可以說是發生了爆炸。

從第一篇作品到最後一篇，翁鬧與邱妙津在檯面上的創作時間，都是七年。東京時期的密集創作，破格文體，讓翁鬧一夕備受台灣文藝圈注目，成為黃得時所謂「最富潛力」的作家。巴黎妙津揚棄繞路、喬裝、戲謔，不再自棄為「鬼」，也不再假稱「狂歡」，替之以「鱷魚」的眼淚，為台灣女同志文學清楚拉開序幕。

他們的最後作品：〈港町〉與《蒙馬特遺書》，來得突然，也有些費解，故事裡的材料與時空向度，似乎比作者自身的旅程，走得還要更遠。

一反之前作品的單一主述，自我色彩，〈港町〉出現眾多他者。翁鬧序言這篇作品「獻給失去父親的孩子、跟小孩離別的父親，以及不幸的兄弟」。評論家常提的翁鬧的養子心結，在這兒有所流露。帝國的養子也好，家鄉的養子也好，翁鬧以被遺棄的孤兒谷子為主角，兼及港都各類零餘：吧女，混混，幫派，走私，黑道，馬戲團，無所屬而結盟共生，稱之為「善良的惡黨」。翁鬧筆下初次出現耐磨而入世的角色谷子，被遺棄的身世也即將拼圖解碼，可尾端情節卻急轉為谷子畏罪，匆匆出發前往更遠的滿洲……

《蒙馬特遺書》何嘗不是留言給「善良的惡黨」，妙津穿越國境與性別，甚至穿越現實與幻象，一重一重辯證，鱷魚現身為人，旋即又往「巫」與「獻祭」的方向走去……

回到〈羅漢腳〉的結尾吧。

長長的夏天結束，涼風很快就要吹起的初秋傍晚，羅漢腳出門玩耍的時候被堆滿貨物的輕便車給撞了。模糊醒來，「他昏昏沉沉看見燈火的微光照亮了整間屋子，再看見枕頭旁邊放著玩具火車和笛子的時候，他感到無比的快樂。」

鄉下醫生說，羅漢腳這傷勢，他處理不來，最好帶去員林看外科……

第二天，父親將羅漢腳抱進車裡，他小小的心中雀躍不已。

「我也要去員林了！」

羅漢腳總算明白了員林是地名，但他還不知道那是什麼地方，也不知道自己去到那兒之後將會如何？後來的〈天亮〉，翁鬧把生命的臨界點設在三十歲，「如果到了三十歲結束的最後一剎那，我還無緣經歷（與戀人靈魂完整契合的）那一秒鐘，我一定要了結自己的生命，絕對不要再歹活下去。」妙津把時間提得更早，二十歲作為生命關卡，〈鬼的狂歡〉如此、《鱷魚手記》亦復如此。

翁鬧如何死去，無人真正知曉。有說死在精神病院，也有說在報紙堆裡凍死。無論如何，他似乎真如小說預告，在三十歲結束之際拉下了生命的簾幕。妙津說：「我總是試圖要站起來又被自己絆倒，最後只求一死。」這是二十六歲。

如果你想登上白朗峰，如果你想潛入海底，如果你想搭熱氣球上高空，你得趁著青春……

青春時代，是精神同肉體一起閃電般從世界這端飛向那端，是體驗各種奇風異俗，是深夜聆聽鐘聲，是都會鄉間看日出，是涉獵形上學的時期……

以上都是翁鬧說法。原汁原味的句子，他是這麼寫的：「青春是寫著跛腳的詩，為看失火現場願意走上一哩路。」

翁鬧與妙津，的確趁著青春，去了世界這裡那裡，司空見慣了各種放浪，雄雄趕赴失火現場，稚拙、滿身傷，跛著腳。夜裡他們睡不著覺，孤獨，渴望愛，惟文字得以擁抱傾訴如愛人。他們在文字裡燃燒，彷彿歲末冬夜，那個賣火柴的小女孩，以微弱的火來點燃愛與溫暖，愈渴望，愈捨不得它們消失，愈忍不住劃亮下一根火柴。

「請帶我走吧！」當最美的幻覺即將熄滅，小女孩叫了起來，焦急地把剩下的所有火柴全給劃亮，這些火柴瞬時發出了強烈的光——

七年，在寫作長河裡，短促得像一根小小的火柴。翁鬧與妙津，沒有來得及成名，沒有來得及等到天亮，讓世人看清他們的模樣。燒透了的青春，天亮之前的戀愛，無關技藝也無關道德，任何時代任何人，有幸讀到那般燃燒後的灰燼，赤裸奔放的告白，總要被驚動的。

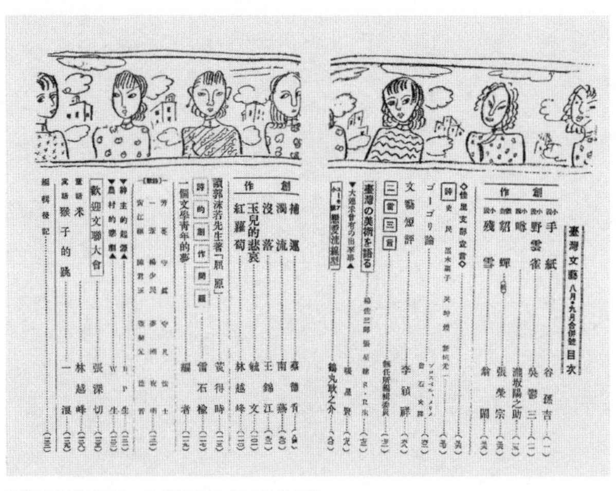

臺灣文藝 八月・九月合併號 目次

創作

小說 手紙……谷孫吉
小說 野雲雀……吳鬱三
小說 晦……瀧坂陽之助
殘雪……翁鬧

◇佳里支部座談會◇

詩

ゴーゴリ論……曾石火譯

文藝短評……李禎祥

一言三言……編輯委員

臺灣の美術を語る

▼大道示會有の出來事▲……張星賢

戀愛流線型……鶴丸耿之介

創作

補運……蔡德音
濁流……南蘇
沒落……王錦江
玉兒的悲哀……毓文
紅蘿蔔……林越峰

讀郭沫若先生著「屈原」……黃得時

詩的創作問題……雷石榆

一個文學青年的夢……編者

▼詩王的起源▲……H P生

▼農村的悲劇▲……W生

歡迎文聯大會……張深切

童話 來……林越峰

寓話 猴子的跳……一泯

編輯後記

〈殘雪〉發表於一九三五年《台灣文藝》。

太宰治：一九〇九～一九四八，本名津島修治，日本小說家，戰後「無賴派」文學代表。一九三〇年進入東京帝大法文系就讀，師事井伏鱒二，但因參與左翼運動，並耽溺酒色而無法畢業。一九三五年在《文藝》發表〈逆行〉，為第一屆芥川賞候補作品。代表作有《維榮的妻子》（一九四七）、《斜陽》（一九四七）、《人間失格》（一九四八）等。

翁鬧 

推測一九〇九年生於彰化社頭，十九歲自台中師範學校畢業，公學校教了五年書再赴東京，開始在《台灣文藝》、《台灣新文學》、《台灣新民報》等處發表文章。生活浪漫，放蕩不羈，三十歲那年於飢寒交迫中客死異鄉。《破曉集：翁鬧作品全集》，黃毓婷譯，如果，二〇一三年。

邱妙津：一九六九～一九九五，台灣彰化人。一九九一年畢業於台大心理系，隔年十二月前往法國，留學巴黎第八大學心理系臨床組，一九九五年六月二十五日在巴黎自殺身亡，得年僅二十六歲，她的辭世震撼台灣文壇，而她的作品至今仍引動廣大回響。作品有《鬼的狂歡》、《寂寞的群眾》、《鱷魚手記》、《蒙馬特遺書》等。

井伏鱒二：一八九八～一九九三，日本小說家，一九三〇年與太宰治相識。代表作有《黑雨》、《約翰萬次郎漂流記》、《今日停診》等，小說取材於現實社會的底層人物，曾獲直木賞、讀賣文學獎、野間文藝獎等，並獲頒文化勳章。

文獻索引

〈淡水的海邊〉發表於一九三三年《福爾摩沙》創刊號

〈在異鄉〉發表於一九三五年《台灣文藝》二卷四號

〈戇伯仔〉一九三五年六月入選日本《文藝》懸賞創作選外佳作，同年七月刊登於《台灣文藝》二卷七號

〈音樂鐘〉發表於一九三五年六月《台灣文藝》二卷六號

〈殘雪〉發表於一九三五年八月《台灣文藝》二卷八、九合併號

〈羅漢腳〉發表於一九三五年十二月《台灣新文學》一卷一號

〈可憐的阿蕊婆〉發表於一九三六年五月《台灣文藝》三卷六號

〈天亮前的戀愛故事〉發表於一九三七年《台灣新文學》二卷二號

〈港町〉刊於一九三九年七月六日～八月二十日的《台灣新民報》

明後日より本文藝

港のある街

（1）

翁鬧作
榎本眞砂夫畫

作者の略歴

哀れな

子ら去りて
その思ひ靜かなり
廢れたる水車が下の
水に

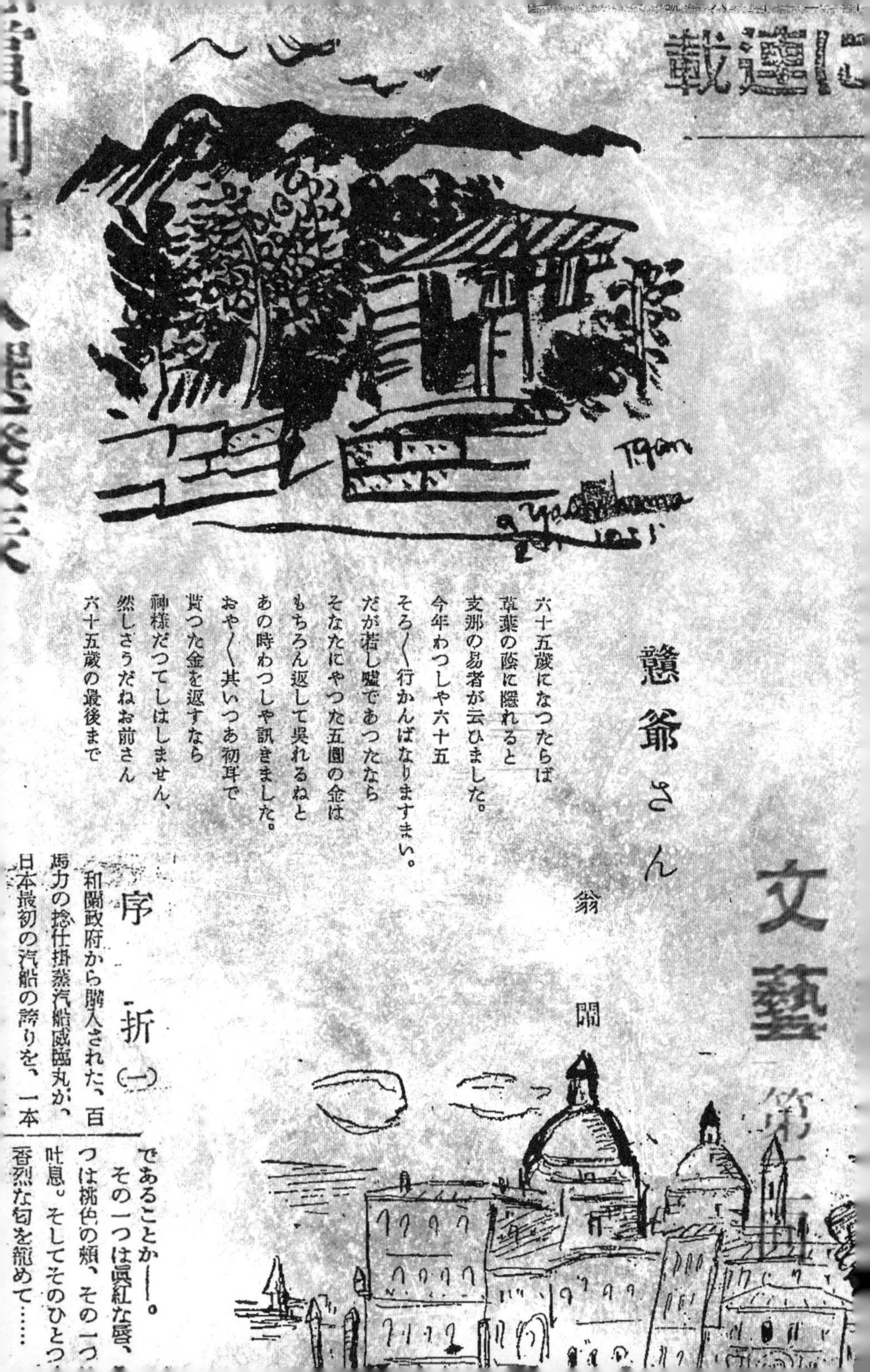

文藝

戇爺さん

翁鬧

六十五歳になつたらば
草葉の蔭に隱れると
支那の易者が云ひました。
今年わつしや六十五
そろ〳〵行かんばなりますまい。
だが若し嘘であつたなら
そなたにやつた五圓の金は
もちろん返して呉れるねと
あの時わつしや訊きました。
おや〳〵其いつあ初耳で
貰つた金を返すなら
神樣だつてしはしません、
然しさうだねお前さん
六十五歳の最後まで

序折（一）

和蘭政府から購入された、百馬力の捻仕掛蒸汽船咸臨丸が、日本最初の汽船の誇りを、一本

であることか——。
その一つは眞紅な唇、その一つは桃色の頰、その一つ吐息。そしてそのひとつ香烈な匂を籠めて……

後記

這本書，以二〇〇六年我在《中國時報》「三少四壯」專欄所寫的文字為基礎，經過選擇、改寫，合併後來新作，評述日治時期台灣文學，以小說文類為重心。

二〇〇六年，距離一九七六年《夏潮》重刊賴和，啟動所謂「日據下台灣新文學」、「光復前台灣文學」的整理編譯以來，已經過了三十年光陰；距離一九八七年葉石濤《台灣文學史綱》出版二十年；距離一九九七年台灣文學系所成立，則是十年。

由於專欄字數有限，這些文章做了一個預設：經過上述時間熟成，一般讀者對戰前作家作品略有耳聞，因此，基礎資料從簡，跳離研究脈絡，盡可能讀作品，說故事，評作家。

這個預設是否過於樂觀？今日，我仍然沒有答案。只能說當時的確存在一點志氣或傻氣，以為既有機會取得言論空間，不妨試試將這段文學從學院角落帶向市場媒體，從少數文史工作者推向普通讀者。

這點志氣傻氣，寫了一年，直至考慮出版，卻遲疑了。這些文字倒底為誰而寫？寫作以來第一次自問自答這種問題，且答案還不是自己。那麼，是學院內同好還是學院外讀者？文獻與研究是否應該補上？一補，恐難避開論述笨重；不補，這群衰微作家可有能耐穿越政治迷霧，讓人素面相見？又是否真有過路讀者，願意接住這些翻箱倒櫃清出來的作品？一苦惱，便把書擱了下來。

倏忽十餘年，重編這些舊稿，算是我繼續樂觀預設：這些作家作品，如今，讀過的人，已經十倍百倍地多了。前行研究者鋪路，事事不需重頭說起，新芽世代活潑推廣，不再畫地自限，台灣文學似乎來到可以直見本心的時刻。以文學考慮文學，我還是這麼希望，如果這句話聽起來像空話，試著從反面說吧：文學不同於史料，文學當然有政治，但哪是只有政治而已。

這本書，最後，決定維持原來的文字調性，無意面面俱到，就出於文學後輩的閱讀，詮釋，同理心，如果它們可以成為一個日治台灣小說的邀請，讓不認識的人願意推門進來，或熟悉該領域的讀者願意共同踏勘新的小徑，都是很棒的事。書裡圖片與解說，要感謝編輯健瑜的費心，以及欣瑜、懿慧、佩均的協助，她們是我短暫教學生涯遇見的學生，如今已在職場獨當一面，還願撥冗相助，真是情意深長。

此外，也要感謝臺灣文學館的圖片授權，研究員佩蓉的聯繫與促成。附帶一提，當年專欄初期，某日我收到一封電郵，從文學社會學角度，對剛見報的〈文學夢〉給予熱切回應。那是當時還在世新大學任教的蘇碩斌老師。我一直沒有機會告訴他，那封電郵是雪中送炭，非常有鼓勵效果。後來，蘇老師轉任台大台灣文學研究所，並於今年接下了臺灣文學館館長這個重擔，非常期待也非常感謝。

我曾於臺灣文學館籌備處工作兩年，受初任館長林瑞明提攜甚多。林館長是台灣文學研究的植樹人，也是最給我家鄉感覺的師長。編輯期間，驚聞老師驟逝，這本書失去理想的讀者，也失去回報的對象，僅能以此追思，感謝他無私而溫暖的給予。

最後，談一談〈天亮之前的戀愛〉這個題名。〈夜明け前の恋物語〉，通譯為〈天亮前的戀愛故事〉，擷取部分作為書名，一方面是對這位異端前輩的致意，另方面，現代小說在台灣，從二〇年代的摸索模仿，到四〇年代的作品展演，說來也算熱烈愛過一場，環境再難，每個作家仍是黑夜裡懷著衷情。無奈天亮之後，這場戀愛卻無人理解，露水蒸發。原也想過以〈完美的招魂〉為題，藉呂赫若尋求藝術和解的苦心，紀念這場世紀前的戀愛，編輯健瑜為它們下過一個很好的副標：你以為消逝無蹤的，都曾發燙如火。

寫到這裡，前頭自問自答的問題，似乎有了點答案。是紀念吧，畢竟可為那些曾經發燙的寂寞前輩而寫。看似不為自己，其實也是為了自己。在寫作這條路上，與逝者協商——借用瑪格莉特・愛特伍的說法——為什麼寫？寫了什麼？從哪裡來？往哪裡去？是個人之問，也是群體記憶的迷惘，是問過去，也問未來。

二〇一八年十二月

圖片說明與出處

頁20｜吳濁流（左一）與國語學校同學合影，攝於一九一九年。圖片提供：新竹縣文化局

頁43｜王詩琅等人涉治安維持法案件豫審調書（影本）。圖片提供：國立臺灣文學館

頁68｜一九二〇年代雲林虎尾街儲水塔。圖片提供：國家圖書館

頁69｜一九四八年，蔡秋桐建請政府公平分糖之公文。圖片提供：中央研究院台灣史研究所

頁109｜劉吶鷗的「新文藝日記」，一九二七年。圖片提供：國立臺灣文學館

頁148｜《改造》十九卷四號（春季特大號），刊有〈植有木瓜樹的小鎮〉一文。圖片提供：國立臺灣文學館

頁149｜一九三〇年代台灣合同鳳梨株式會社發行的明信片。圖片提供：國家圖書館

頁194｜呂赫若日記手稿圖像。圖片授權：呂芳雄

頁223｜葉石濤寫作年表手稿。圖片授權：葉石濤家屬

印刻文學 590

天亮之前的戀愛——日治台灣小說風景

作　　者	賴香吟
總 編 輯	初安民
責任編輯	陳健瑜
研究編輯	王欣瑜　黃懿慧　蔡佩均
美術編輯	蔡南昇　黃昶憲
校　　對	呂佳真　陳健瑜　賴香吟

發 行 人	張書銘
出　　版	INK 印刻文學生活雜誌出版股份有限公司 新北市中和區建一路 249 號 8 樓 電話：02-22281626 傳真：02-22281598 e-mail：ink.book@msa.hinet.net
網　　址	舒讀網 http：//www.sudu.cc

法律顧問	巨鼎博達法律事務所 施竣中律師
總 經 銷	成陽出版股份有限公司
電　　話	03-3589000（代表號）
傳　　真	03-3556521
郵政劃撥	19785090　印刻文學生活雜誌出版股份有限公司
印　　刷	海王印刷事業股份有限公司

港澳總經銷	泛華發行代理有限公司
地　　址	香港新界將軍澳工業邨駿昌街 7 號 2 樓
電　　話	852-27982220
傳　　真	852-31813973
網　　址	www.gccd.com.hk

出版日期	2019 年 3 月　　初版
ISBN	978-986-387-275-7

定　價 350 元

感謝國立臺灣文學館圖片授權與協助

國家圖書館出版品預行編目資料

天亮之前的戀愛：日治台灣小說風景
／賴香吟作. -- 初版. --
新北市：INK印刻文學, 2019.03
面；　公分. -- (印刻文學；590)
ISBN 978-986-387-275-7（平裝）
863.57　　107022321